btb
Aus Freude am Lesen

btb

Buch

Guido Eckert schreibt in der *Zeit* und in der *Süddeutschen,* aber nicht nur. Seine Erzählungen sind immer mehr als reine Reportagen, seine Beiträge gehen immer weit über die reinen Fakten hinaus. Seine sprachlich furiosen Ansichten zur deutschen Gemütslage haben inzwischen eine eingeschworene Fangemeinde gefunden. Im vorliegenden Erzählband versammeln sich alte und neue Geschichten fern aller Tagesaktualität, die eines gemeinsam haben: Sie beleuchten mit ungewohnter Eindringlichkeit und lakonischer Sprachfertigkeit die menschlichen Abgründe der Seele und urwüchsigen Landschaften des Herzens. Es sind Geschichten, in denen der Beobachter zum Beteiligten wird und die beobachteten Menschen zu gleichwertigen Partnern. Ob Eckert wie im »Kaiser vom Kohlenpott« die Wonnen der Gewöhnlichkeit in Dortmunds Stadtlandschaft nachzeichnet, ob er wie im »Wolfsmensch« das Unergründliche in uns allen zum Leben erweckt oder im »Tag, an dem ich die schönste Frau der Welt treffen wollte« das magische Bild des Models in unserer Gesellschaft karrikiert: Immer geht es ihm darum, das Große im Kleinen zu zeigen – und umgekehrt.

Autor

Guido Eckert, 1964 geboren, lebt als freier Autor in Köln und München. Bevor er Reportagen für die *Süddeutsche Zeitung* und das *Zeit-Magazin* sowie Erzählungen und Hörspiele schrieb, war er in dreiundzwanzig Berufen tätig (u. a. als reisender Spendeneintreiber auf Provisionsbasis in abgelegenen Kurorten, wo er abends auch als System-Roulettespieler und »kultivierter Begleiter« in Erscheinung trat). 1991 erhielt er den *Axel-Springer-Preis* für Nachwuchsjournalisten (für eine Reportage über Kirmes-Boxer), 1997 den *Hauptpreis des Deutschen Spielzeug-Instituts* (für eine Reportage über den Deutschen Meister im Tip-Kick) sowie im selben Jahr den renommierten *Theodor-Wolff-Preis* für literarischen Journalismus (für die Reportage »Beinahe ein Mord«, die im vorliegenden Erzählband ebenfalls vertreten ist.)

Guido Eckert

Der Tag, an dem ich die schönste Frau der Welt treffen wollte

Erzählungen

btb

Originalausgabe

Ein Publikationsnachweis
findet sich am Ende des Buches

Umwelthinweis:
Alle bedruckten Materialien dieses Taschenbuches
sind chlorfrei und umweltschonend.

btb Taschenbücher erscheinen im Goldmann Verlag,
einem Unternehmen der Verlagsgruppe Bertelsmann.

1. Auflage
Deutsche Erstveröffentlichung November 1997

Umschlaggestaltung: Design Team München
Satz: IBV Satz- und Datentechnik GmbH, Berlin
Lektorat: Regina Kammerer
Herstellung: Augustin Wiesbeck
Made in Germany
ISBN 3-442-72234-9

Inhalt

Der Kaiser vom Kohlenpott

Wir sind zu siebt. Ausschließlich Männer. Wir sitzen alle gemeinsam auf einer langgestreckten, schwarzen Ledercouch und warten.

Draußen spurtet gerade ein alter Mann auf eine Bushaltestelle zu, weil der *Einhundertzweiunddreißiger* eingefahren ist, der nur alle zwanzig Minuten kommt, und während ich den Mann bei seinen verzweifelten Bemühungen beobachte, habe ich das Gefühl, noch nie in meinem Leben einen alten Mann rennen gesehen zu haben. Es sieht tatsächlich vollkommen unelegant aus, unsportlich, eiernd und traurig.

Hier drinnen ist es wenigstens warm. Wir sitzen an der Fensterseite einer geräumigen Neubauwohnung in der Dortmunder Innenstadt. Geduldig und schweigend. Wir trinken Cola ohne Kohlensäure und drehen an den

Objekten unserer Kameras. Gründlich und geräuschlos. Wir warten und warten. Aber niemand murrt.

Draußen springen plötzlich vier Gestalten über die Straße, nachdem der Bus beschleunigt hat. Sie spurten jeweils mit einem Sessel auf dem Kopf. Ein spontaner Umzug. Eine irgendwie gespenstische Szene, denke ich, vier dunkle Männer, abends, jeweils mit einem grünen Sessel über den Ohren. Also tippe ich meinen Nachbarn an, weil ich es trotzdem nett finde, daß dort vier junge Menschen mit grünen Schädelgeschwüren herumlaufen, aber mein Nachbar will nicht reden. Ihn interessiert nur, wann der Kaiser kommt. Der Kaiser heißt Rainer. Angeblich.

Neben meinem schweigenden Nachbarn sitzt ein witziger Mann mit altmodischen Modekoteletten. Er trägt die Koteletten vermutlich nicht aus ästhetischen Gründen. Der Mann erzählt mit heiserer Flüsterstimme von einem neuen Videofilm mit Helen Duval, die angeblich selber nicht mehr agiere, wie er erzählt, aber in jedem Porno unter ihrem Namen eine blonde Nachfolgerin einsetze, die ihr täuschend ähnlich sähe. Und dabei achte er inzwischen nur noch auf Kleinigkeiten. Die Schamgegend einer rasierten Mulattin habe ihn an eine ägyptische Wüste erinnert oder auch an Elefantenhaut. Wegen der ausgetrockneten Krater. Das Erstaunlichste bei seinem exzessiven Pornokonsum sei aber, daß sich die Welten vernichten würden, wenn er zwischendrin immer mal wieder kurz auf die Stop-Taste drücke und dadurch ins normale Fernsehprogramm geblendet werde. »Selbst die Tagesschau ist dann Porno«, sagt er. Mein schweigender Nachbar kratzt sich nur am Bauchnabel.

Ein anderer Mann in der Ledermitte erinnert mich währenddessen an eine Feldmaus im Taugras. Wegen seiner Augen. Große glänzende Augen, die sich hektisch vergrößern und wackeln. Der Mann nickt vielversprechend, schweigsam, wegen Helen Duval und der Tagesschau, und plötzlich sagt er dann, daß er sich das Rauchen abgewöhnt habe. Es hört ihm aber keiner so richtig zu. Nach der Zigarettenentwöhnung habe er dann keinen Grund mehr gesehen, in bestimmte Kneipen zu gehen, in die er vorher jeden Abend gegangen sei, sagt er, obwohl ihm niemand zuhört. Und auch manche Leute könne er nicht mehr ertragen. Sagt er. Ohne Zigarette gäbe es keinen Grund mehr, mit gewissen Leuten, zu gewissen Zeiten, in gewissen Kneipen zusammenzukommen. Das verwirre ihn. Obwohl ihm niemand zuhört.

Wir warten.

Ich fühle mich, als hätte ich zu lange in einem verschlossenen Renovierungszimmer gelegen. So, als sei die Heizung voll aufgedreht und die Maler hätten tagelang nur Fensterrahmen gestrichen. So ein feiner Geruch in der Nase. Bis ins Hirn.

»Das Schlimme ist die Stille danach«, monologisiert ein junger hinternrutschender Mann in der Mitte, immer darauf bedacht, nach allen Seiten Platz zu halten. »Sie war meine große Liebe«, sagt er und ich bin wieder der einzige, der einem anderen zuhört. Es scheint ihm egal, daß niemand zuhört. »Nicht wegen dem Sex... Aber wohin soll ich jetzt mit all meinen Geheimnissen? Oder mit dem Alltag? Bleibt ja alles im Kopf, irgendwie... Das ist doch schrecklich... Nicht Sex, aber daß es nicht mehr möglich ist, nachts mit ihr zu telefonieren, um über den Abend zu reden...«

Der Spanier neben dem flüsternden Selbstzerfleischer merkt, daß ich ihn beobachte, und bedient sich eines Slapstick-Comic-Repertoires, weil er das Prozedere und die Sprache nicht versteht. Dazu macht er große Augen, als habe jemand einen überraschenden Witz gemacht, und er lacht dazu freundlich, als genieße er die Pointe. Die es nicht gibt.

»Ich war auch traurig«, sagt der Helen-Duval-Verehrer, »weil ich gestern dachte, ich hätte mein Portemonnaie verloren... Ich hätte also einen Fehler gemacht. Da war wochenlang ein Gefühl, es geht aufwärts, und dann habe ich mein Portemonnaie verloren. Aber dann lag es auf dem Schreibtisch im Büro. Wie eine Warnung...«

Die Kopfschmerzen werden stärker. Der Schweiger neben mir verströmt extremen Schweißgeruch. Irgendwie habe ich das Gefühl, er ist benebelt von seinem eigenen Stiefelgeruch. Eingelullt. Betäubt. Er sieht es mir an, meinen Gedanken. Der Schweiger ist aber nicht peinlich berührt. »Schweißfüße sind nicht gleich Schweißfüße«, sagt er mit einer unerwartet tiefen Stimme. »In Stiefeln, in neuen Schuhen, riecht es manchmal interessant.« Das könne er stundenlang riechen.

»Hallo zusammen, ich bin der Rainer.«

Zum ersten Mal entsteht jetzt Bewegung auf dem Sofa. Wir rutschen uns in liebgewonnenen Sitzfalten neu zurecht und räuspern uns leer. Es herrscht erwartungsvolle Aufmerksamkeit.

Ich bin schon das dritte Mal hier beim Kaiser. Ich mag die Atmosphäre. Trotz der Luft.

»Ich bin jetzt sozusagen euer Begleiter. Ich erkläre hier und da ein wenig, und helfe auch, wenn nötig.«

Das sagt der Kaiser allerdings immer. Die Art seiner Ironie erinnert ein wenig an synchronisierten, amerikanischen Seifenopernzynismus.

Mit bürgerlichem Namen heißt Kaiser Rainer gar nicht Rainer, sondern Heinz Mackensen, aber er glaubt, daß Rainer schöner klingt und besser zu ihm paßt. Er plant eben alles gründlich, bis in die Fußspitzen. Er trägt billige Turnschuhe, eine ausgewaschene Jeanshose, und darüber ein buntes Scheinbatikhemd. Er hat seine lockigen Haare mit reichlich Gel nach hinten gezogen und die Fettfalten um den Nabel herum unter einem olivfarbenen Sakko verborgen. Genauso sieht ein Zeitschriftenzuhälter aus, geht es mir durch den Kopf, ein vierzigjähriger Fernsehkrimizuhälter, der natürlich einen schwarzen Jaguar fährt und am Boxring in der ersten Reihe sitzt.

Der Kaiser hat Bratwürste auf der Reeperbahn verkauft, als fliegender Händler, ohne Lizenz natürlich, er hat Lastwagen nach Afrika verschoben und mit Scheinehen gehandelt, und jetzt macht er halt Fotos. Drei Jahre läuft das seiner Meinung nach noch, und was danach ist, kümmert ihn nicht. Dann hat er genügend Kohle, um sich in einem kleinen Häuschen auf Ibiza zur Ruhe zu setzen.

»Ich hoffe, ihr habt alle einen Film in der Kamera und scharfe Pupillen, sonst verpaßt ihr noch das Wesentliche. Gegen Leihgebühr könnt ihr euch auch eine Kamera bei mir leihen. Will jemand?« Kostet siebzig Mark pro Film. Wie ein ehrenamtlicher Museumsführer in einer Eifeler Kleinstadt steht der Kaiser händereibend vor uns und lächelt. Vierzehn Augen folgen ihm. Verwöhnte Augen.

Wir sind inzwischen eine *Gruppe*. Wir schauen uns nicht mehr ins Gesicht.

Neben mir zieht der Stiefelmann seine Jacke aus, und damit entfaltet sich endgültig aus seiner Anorakjacke heraus ein individueller Patchworkgeruch, nach Schweiß, Urin und Zigarettenqualm. Er hat die Jacke anscheinend seit Tagen nicht mehr gewechselt. Er selber scheint das aber nicht zu bemerken.

Gleichzeitig rattern und pfeifen draußen, um den Bahnhof herum, überall Koffer mit Rädern drunter. Wahrscheinlich zieht wieder eine Reisegruppe um das Carré.

»Als erstes kommt jetzt die Lisa.« Rainer legt eine Schallplatte auf. »Der ein oder andere von euch kennt sie bestimmt schon. Sie hat sich wieder etwas Besonderes einfallen lassen...«

Lisa kommt tatsächlich. Und sie paßt in dieses Wohnzimmer: Sie sieht gewöhnlich aus, sie hat Pickel, und sie staubsaugt. Daraus besteht ihr Auftritt.

Sie ist blond, gebleicht und trägt Bermudas. Das T-Shirt hat sie am Bauchnabel geknotet. Dicke Schuhe. Auf den massigen Plateausohlen wirkt sie in ihrer geschminkten Künstlichkeit wie eine Playmobilfigur. Aber sie geht versuchsweise leichtfüßig auf einer Linie, also immer mit einem Schuh vor dem anderen. Als klemme sie sich ein. Ihre Schminke auf der Backe glänzt hell, und wenn sie die Augen schließt, zieht sich ein harter Riß durch ihre gebrochenen Make-up-Pupillen. Daraus besteht nämlich ihr Auftrag: Sie ist achtzehn und kann nicht staubsaugen. Sie stochert bloß irgendwie ungelenk im Teppichbelag herum und verheddert sich im Stromkabel. Sie redet dabei, aber weil das Saugtier so asthmatisch stöhnt, versteht man nur undeutlich, was Lisa vorhaben möchte.

Denn sie spricht wahrhaftig einen gelernten Text, wie auf einer Bühne, und sie redet unentwegt, irgendwas in der Art, daß ihre kranke Mutter in Kur sei und sie deshalb alles alleine sauberhalten muß. Jeder Schritt, den Lisa stakt, findet seinen fotografischen Widerhall. Jeder ungelenke Ausfalltritt wird verewigt. Rhythmisch. Crescendo, descrescendo – bückt sie sich drecksuchend unter einen Sessel, schwillt das Kameraschnappen zu klöppelnder Heftigkeit, steht sie einfach nur summend herum, herrscht andächtige Stille. Eine Frau steht dann nämlich da. In einem Raum. Und staubsaugt. Kein Wort. Man lacht nicht, stößt sich nicht in die Seite, man schwitzt auch nicht, statt dessen wird ganze Arbeit geleistet. Bewegungslos. Es wird fotografiert.

Wir sind eine Gruppe inzwischen.

»Mir ist heiß«, stöhnt Lisa plötzlich, grundlos, in einer solch tonlosen, grotesken Ausdrucksweise, wie man es von sogenannten avantgardistischen Schülertheatern her kennt. Sie zieht ihr Hemd aus und staubsaugt mit nacktem Oberkörper weiter um den Glastisch herum, als sei das selbstverständlich. Als sei sie allein zu Haus. Und immer nur im Kreis. Und noch mal im Kreis. Wenn sie das täglich so macht, wird ihre Mutter bei der Rückkehr nur noch einen tiefen Graben vorfinden. Aber der Kaiser wechselt die Schallplatte.

Der Spanier glaubt darin wohl ein günstiges Zeichen zu erkennen, denn er hält sich nicht mehr an die ungezeichnete Linie, die die Zuschauerbegrenzung darstellt, und versucht dem Wesen weiblichen Wirkens aus nächster Nähe beizukommen, also aus nächster Nähe zu fotografieren. Hautnah. Rainer räuspert sich scharf. Das reicht schon. Kein Streitgespräch, kein Rechtfertigungsmucken. Kein Vorwurf. Sieben Männer verharren wieder vorschriftsmäßig schweigend, fotografierend, in gleichmäßiger Entfernung. Auf einer Linie, der Haushälterei entrückt. Und Rainer lächelt.

Dafür knarrt mein Stuhl plötzlich. Und vom Regal purzelt eine Schreihalszeitschrift. Eigengeschwindigkeiten, denke ich, die nur einmal in ihrer Existenz Laut geben. Wochenlang löst sich so eine Knickecke in so einer Zeitschrift, millimeterschwächlich, und dann bricht unter lautem Getöse ein größeres Gebilde zusammen. *Plötzlich.*

Dabei geschieht mir zusätzlich noch etwas sehr Unangenehmes. Auf dem Ledersofa, neben mir, lange ich voll in ein tropfendes, fremdes, kaltes Schweißtropfenreservoir. Von meinem Nachbarn vermutlich. *Aids*... Ist mein erster Gedanke. Die Kollegen schießen davon unbeeindruckt, was die Technik nur hergibt. Und Lisa schaut zurück und lächelt. Nur der Spanier bekreuzigt sich plötzlich, weil draußen ein Krankenwagen vorbeifährt. Das habe ich als Kind auch so gemacht, denke ich. Blaulicht, damit also Krankenhaus und Notoperation, war die schlimmste aller Strafen. Vielleicht hat der Spanier Lisa mit seiner Kreuzigungsarie verstimmt, denn plötzlich packt sie ihren Staubsauger vom Boden, unter den Arm, und läßt Rainer passieren. Übergangslos. Der aber weiß natürlich jovial zu überbrücken und jedes sinkende Objekt neu zu motivieren.

»Alles gesehen? Dann mal rasch in die Küche, Freunde, mir nach... Elke wartet... Sechzehn!«

Murmeln. Filmwechsel.

Der Kaiser hat mir beim letzten Mal zwischen den Szenenwechseln erzählt, daß es schwierig sei, so einen Typus zu finden. Die Mädchen dürfen nicht hübsch sein, aber auch nicht abstoßend. Sie dürfen keine Persönlichkeit ausstrahlen, aber auch nicht schwächlich sein. Sie müssen dem alten Klischee von Berufsschülerin entsprechen. Sie dürfen nur auf gar keinen Fall hübsch sein.

Schöne Frauen lassen sich letztlich nicht zu Objekten machen, hat er gesagt. Und das wollen *meine Kunden.* Die hätten allesamt verunglückte Prostitutionserfahrungen, weil die Nutten ihren Stolz nicht aufgeben würden, sich nicht mit Leib und Seele verkauften – und wenn die jetzt schöne Frauen fotografieren müßten, dann lächelten ihnen diese schönen Frauen nur höhnisch ins Gesicht. *Mich kriegt so einer wie du sowieso nicht.* Bei einem unauffälligen Mädchen aber sei die vollkommene Illusion noch vorhanden, da ließe sich noch träumen.

Deshalb die Pickel.

Das meiste Geld mache er allerdings mit Freiluftaufnahmen, hat er mir erzählt. Fünf solcher Wohnungen betreibe er in Nordrhein-Westfalen und drei weitere im Bundesgebiet. Bis zum nächsten Frühjahr sollten es aber schon doppelt so viele sein, vor allem in Berlin wolle er ausbauen. Die Wohnungen sähen im Grunde alle gleich aus, wie diese hier, also schlicht und gemütlich, nur das Programm selber wechsle. Manchmal gäbe es auch richtiges Ficken zu sehen, was aber natürlich teurer sei. Und Solo-Abende im Wohnzimmer wolle er ausbauen, hat er mir erzählt, wo man alleine fotografieren könne. Am beliebtesten sei aber, eine Stunde mit einem Mädchen durch die Stadt zu laufen, und irgendwo an einer unbelebten Straßenkreuzung, in einem Hauseingang oder im Aufzug, hebe sie plötzlich ihr Hemdchen hoch, und der Kunde fotografiere den Moment. Sehr beliebt sei das, hat er mir erzählt, allerdings auch ebenso teuer.

Währenddessen kommt auch der Schweißschuhmann wieder von der Toilette. »Neonhelle Toilette«, sagt er aufgedreht, »an der Tür ein großes violettgelbes Graffiti, und sobald ich da drauf und dann einen Zentimeter weg schaue, vibriert das wie blöd. Unmöglich hinzuschauen...«

Die sechzehnjährige Elke ist mit Sicherheit auch schon neunzehn, dafür aber ist sie nackt. Und gleichfalls blond und gleichfalls gefärbt. Und auch die sechzehnjährige Elke ist keine Schönheit, vielmehr von einer demokratischen Alltäglichkeit. Wie auch diese Küche hier, ihre Einrichtung, die Schränke, Schubladen, Tapeten, die Musik aus dem Wohnzimmer, Rainer, seine Worte: nichts hier scheint italienisch verfeinert oder werbemäßig übersteigert. Als Fotografie. Und Elke kocht.

Elke hat kurze blonde Haare und ein Stacheldraht-Tattoo auf dem linken Oberarm. Wenn sie einen Mann durch die Luft küßt, macht sie immer fließende Bewegungen, und wenn ein Mann sie anschließend durch den Äther zurückschmatzen soll, dann deutet sie mit ihren langen Zeigefingern auf ihre Oberlippe, und gleitet dann schnell zur

Unterlippe. Sie ist sehr kontrolliert. Mit sechzehn.

Sie klackt dann mit ihren roten Pumps durch die Küche. Wie mein Herzschlag, denke ich. Ich stürze von Schritt zu Schritt mehr in ihren Rhythmus hinein. Dann schrabbt sie mit ihrer Sohle hart auf die Kacheln, als springe eine mechanische Klingelschreibmaschine in die nächste Zeile, und dann geht sie nur noch unregelmäßig.

Elke zittert, und ich erinnere mich tatsächlich blitzlichtartig an eine Affaire, Nadja. Ich dachte nämlich immer, Nadja sei wahnsinnig sensitiv. Weil sie manchmal vor mir stand und zitterte, wenn ich sie berührte und küßte. Dann war mir allerdings klar geworden, daß sie nur fror, und zusätzlich war sie kitzlig an dieser Stelle.

Elke hingegen bleibt am Herd, und auch ihre Mutter ist vermutlich in Kur, denn Elke säbelt unentwegt Eier in die Pfanne. Fünf Stück hintereinander, in Pantoffeln. Nackt, aber mit Socken an den Füßen und Pantoffeln an den Zehen. Schweigend. Sie hat keinen Text. Wozu auch? Sie kocht schließlich, sie öffnet alle Schranktüren auf Zehenspitzen und sucht dort nach Salz und Pfeffer und Milch. Sie hustet kurz. Wir knipsen auch das. Wir knipsen alles. Unentwegt und schweigend und verbissen und gründlich. Für siebzig Mark.

Elke rührt hüllenlos in der Pampe – das ist ein Foto. Elke schmeckt ab – das ist eine Serie. Zoom und Blende und Filter. Blitzlicht!

»Freunde, Freunde ... Ich weiß, ihr könntet noch Stunden hierbleiben, um Elke und Lisa zuzuschauen – aber jetzt ist Schluß. Dreißig Minuten sind um. Ihr könnt natürlich gerne wiederkommen ...«

Plötzlich zwingt Rainer mit kleinen eindeutigen Gesten die Objektive zum Schweigen und die Gäste zur Tür. Plötzlich geht alles so schnell. Augenblicklich. Aber niemand murrt.

Die Anzugherren, die Kollegen im Jogginganzug, alle schultern wir brav unsere Kleinbild- und Pocketkamera, suchen noch einen verlegenen Blick in das Wohnzimmer zu werfen, trotten aber zügig und lautlos von dannen.

Mißtrauisch beäugt man mich dabei in meiner Langsamkeit, also kramend, gebückt, mit meinem rechten Schuh beschäftigt. Ich halte mich nicht an Spielregeln. Ich erschleiche mir vielleicht noch einen unbezahlten Blick auf Elke oder Lisa. Das mache ich inzwischen jedes Mal so. Den Kaiser ärgert das natürlich, weil dann der allgemeine Abmarsch so schleppend vonstatten geht. Die Kollegen trauen sich aber nicht zu reklamieren, und man läßt mich brummelnd gewähren. Alleine zurück. Mit meinem linken Schuh beschäftigt.

Dabei gibt es wirklich nicht viel zu sehen.

Durch die angelehnte Tür kann ich Elke in einem weißen Werbepausenbademantel beobachten, wie sie in einem abgeschabten Schulbuch liest. *Business English.* Sie hat mir den Rücken zugedreht, aufrecht stehend, wie ein Wirbelsäulenausrufezeichen, während ich unten am Schuh beschäftigt bin, und wippt oben mit jeder Lesezeile hin und her. Bei neuen Vokabeln zieht sie zusätzlich an ihren Haarspitzen. Und wippt wieder aufwärts und glättet unentwegt die gelesene

Seite, von links nach rechts, von rechts nach links.

Lisa sucht dabei nur einen Schluckplatz. Eine Tränke. Vor sich hält sie eine einskommafünf Literflasche Vitaminsaft, mag aber anscheinend nicht einfach so trinken, in der Mitte des Raumes, läuft also unschlüssig von links nach rechts. Dann stemmt sie ihren nackten Fuß auf einen Schreibtischstuhl und schluckt hastig. In dieser Haltung kann sie anscheinend trinken.

Trotzdem ist das alles irgendwie langweilig. Unten, am Schuh beschäftigt.

Elke bückt sich ruckartig, während einer Vokabelpause, um einige Sit-ups und sonstige Schwuchtelbauchübungen zu machen, und während sie ihren Kopf zum Bauch zieht und ausatmet, sieht sie mich plötzlich im Türrahmen. Unten. Das ist mir ziemlich unangenehm. Eigentlich gehe ich davon aus, daß sie Rainer herbeiruft oder sonst was tut, aber erstaunlicherweise kann sie sich meinem Blick am Boden, verdreht, aus dem Augenwinkel heraus, nicht so leicht entziehen, wie aufrecht. Das Auge flitzt rückwärts nicht so schnell. Und sie glotzt tatsächlich kurz verzweifelt.

Ich schleiche zur Wohnungstür und spüre gleich im Treppenhaus, wie sich dort ein feiner, eindringlicher Schweißduft hinaufbemüht. Eine Melange aus brennendem After-Shave, von Schweiß überzuckert, und Urin, also mein Sofanachbar. Zu einer strichförmigen Einheit gebündelt. Immer noch. Ich erinnere mich an einen Alkoholikernachbar in meiner ersten Wohnung, bei dem man abends zusätzlich noch riechen konnte, ob er Fritten oder Gyros gekauft hatte. Stufe um Stufe weist mir die Luftpampe den Weg nach unten. Einmal kreuzt sich die Männerspur mit einem hohen süßlichen Kosmetikerinnenparfüm. Wahrscheinlich sind sich die beiden Menschen aber nie begegnet.

Plötzlich habe ich das Gefühl, überall kleine Löcher im Boden zu sehen, was mich irritiert. Überall kleine Öffnungen. Ich fühle den spitzen Durchzug schon unter meinem Hemd. In der Holztreppe, in den Dielen, alles durchlässig wie ein Schweizer Käse. Dann sehe ich aber leider, daß es nur kleine

Glassplitter sind, die im Treppenhauslicht widerspiegeln. Keine Löcher.

Dafür aber starrt mich im Erdgeschoß durch einen Türspion ein helles Auge an. Es füllt den Spion vollständig aus. Unbeweglich. Ich erschrecke sogar richtig über dieses blöde Auge, und synchron dazu quälen sich auch noch Horrorgeigen aus amerikanischen Gruselfilmen zwischen meine Gedanken. Dieser Mensch muß mich oben gehört und seitdem hinter der Tür auf mich gewartet haben. Um mich zu beobachten. Meine Schritte. Meine Gedanken.

Das Auge trieft in der Holztür wie ein Plastikjuwel in einem Automatenring. Ohne Atem.

Ich drehe mich ruckartig um und strecke dem Auge meine Zunge entgegen, was aber ohne Wirkung bleibt. Das Auge ist hartnäckig. Es begleitet mich bis zur Haustür.

Dann erst beginnt es hinter dem Holz zu zischeln.

Es regnet.

Der Mülheimer Falke

Mir fehlten alle Voraussetzungen, um ein brauchbarer Detektiv zu werden, aber ich dachte, daß so ein Job zur Grundausbildung eines Schriftstellers gehörte. Also ging ich auf das Schild zu.

Detektei Schröder.

Ermittlungen und Beobachtungen.

Außerdem mußte ich etwas in meinem Leben ändern. Ich hatte nämlich in einem graphologischen Fachbuch gelesen, daß meine Unterschrift einen schulbuchmäßigen Durchstreicher aufwies. Damit hatte ich eine schulbuchmäßige Gemeinsamkeit mit Adolf Hitler und Richard Nixon. Was mir nicht unbedingt sympathisch war. Durchstreichcharaktere zerschneiden ihren Namen aus dem Schlußbuchstaben zurück, mit einem energischen Bogen in das Silbenfleisch hinein. Hitler und Nixon zerrissen sich allerdings ohne meine elegante Handgelenkschleife. Wenn ich also schon meine Unterschrift verändern muß, dachte ich, dann kann ich gleich noch einen Schritt weitergehen.

Das verwitterte, graue Detektei-Schild war mir bis dahin nicht aufgefallen, weil hier und in den Nebenstraßen nur pensionierte Staatsbedienstete und ruhelose Vereinsvorsitzende hausten, und mir in dieser Gegend vorher noch nie etwas aufgefallen war. Außer den gefegten Vorgärten und den gespülten Mülltonnen. Ich hatte dann genauer auf das vermeintliche Arztschild gestarrt, weil gleich daneben ein Spruch gesprayt war, der mich merkwürdig berührte. Das Poem auf der Mörtelwand war inzwischen wohl auch schon einige Jahre alt und verblaßte wie feiner, farbiger Nebel. Von peruanischen oder chilenischen Kommunisten gedichtet. In hektischer, krakeliger Großschrift. WIR SIND IM RECHT – WIR WERDEN BESIEGEN. Der Spruch machte mich irgendwie traurig. Vor allem in dieser Gegend. Ich las immer: »Wie werden besiegt.« Triumphierend. In Großbuchstaben.

Ich werde schnell sentimental.

»Können Sie mir grad mal über die Straße helfen, junger Mann?!«

Während ich also auf das Detektivschild zuschlenderte und dabei überlegte, was mir alles fehlte, um ein Detektiv zu werden, sprach mich plötzlich dieser alte Mann an. Er war wohl schon über neunzig. Er wollte sich über eine Straße helfen lassen, über die kein Auto fuhr. Es war eine einspurige kleine Baumkronenallee, in einer verkehrsberuhigten Beamtenenklave, umgeben von Einbahnstraßen und Anliegerparkplätzen, aber er war ein alter Mann, der wahrscheinlich keine Geschwindigkeiten mehr abschätzen konnte. Und als ich ihm unter die vorgestreckte Knochenhand griff, begann der Alte zu reden. Wie auf Knopfdruck. Er war einsam. Er sah nicht auf die Straße, über die ja auch kein Auto fuhr, aber er klammerte sich kraftvoll um meinen Arm und erneuerte diesen Fingernageldruck wie ein Ertrinkender. Er suchte anscheinend Leute, die ihm über diese jämmerliche Straße halfen, damit er für die Dauer der Überquerung mit ihnen reden konnte. Der Alte stand kurz vor dem Weinen, wegen seiner verdammten Gebrechlichkeit und seinem kaputten Leben, wegen seiner Einsamkeit und dem pfeifenden Tod. Es war mir zuviel.

Ich war beispielsweise zu sentimental, um Detektiv zu werden.

Wahrscheinlich hing es mit der Trennung von Mandana zusammen. Ich ertrug keine weinenden Menschen mehr. Ich verabschiedete mich nicht einmal von dem Alten. Ich zog ihn einfach nur auf die andere Straßenseite und ließ ihn dort stehen, in der Hoffnung, daß er schnell einen neuen Arm finden würde. Einen geduldigeren Arm. Ich war voller Verletzlichkeit und überschwenglicher Reizbarkeit. Ich sah dem Mann nicht einmal hinterher. Hoffentlich würde er mich nicht verfluchen. Ich glaubte inzwischen an so etwas. Ich glaubte inzwischen sogar schon an die Kraft von Ritualen. Ganz bestimmt hing das alles mit der Trennung von Mandana zusammen, daß ich mir durch höhere Mystik und tieferen Mumpitz irgendwie ein Gleichgewicht verschaffen wollte. Ich zelebrierte Morgen-, Mittag- und Abendrituale, in der Hoffnung, daß sie mir Auskunft geben würden, über eine neue Freundin oder wenigstens eine Änderung. Mir war es dabei gleichgültig, worin diese Veränderung bestehen könnte.

Der alte Mann fixierte steif jeden meiner Schritte.

Um mir also genauer darüber klar zu werden, ob ich jetzt wirklich Detektiv werden sollte, befragte ich schnell noch einmal meine Schatulle. Sie war ungefähr zwanzig Zentimeter breit und ungefähr zwanzig Zentimeter dick. Ich hatte die Schatulle nachts in einem Auto gefunden. So etwas passiert mir oft, wenn ich vom Trinken nach Hause komme und durch die stillen Gassen schlendere. Dabei entdecke ich immer wieder Autos, bei denen eine der hinteren Türen oder manchmal auch die Beifahrertür nicht verriegelt sind, und gegebenenfalls nehme ich dann auch leise etwas heraus.

An der Schatulle hatte mich nur das Zahlenschloß gereizt. Ich bin leider sehr neugierig.

Das Zahlenschloß war siebenstellig. Mein spezielles Ritual bestand nun darin, mir eine neue siebenstellige Zahl auszudenken und anschließend die kleinen Zahnräder einzustellen. Immer, wenn ich nicht wußte, was ich als nächstes tun sollte, meditierte ich mir eine siebenstellige Möglichkeitsprim zurecht und drehte sie in die Rädchen hinein. Die mathematische Wahrscheinlichkeit, früher als in siebenhundertsiebenundneunzigmillionen Jahren einen Treffer zu landen, war zwar verhältnismäßig gering, aber immer, wenn ich die Kombination eingestellt hatte, wußte ich anschließend genauer, was ich eigentlich wollte oder zumindest gewollt haben könnte.

Insofern hatte ich mir vorgenommen, fünfundneunzig Jahre alt zu werden, und in dieser Spanne wollte ich die Zahnradkassette durch mein Leben schleifen, um an jedem noch so verlassenen Ort der Welt eine Zahlenkombination zu testen. Um letztlich zu versagen. Oder vielleicht würde ich auch mit vierundneunzig Jahren, in einem neuen, fremden Jahrtausend, in einem abgelegenen asiatischen Küstenstreifen, als wunderlicher fremder Einsiedler, plötzlich die richtige Kombination finden – und dabei vor Überraschung sterben. Oder vor Glück.

In der Kassette lagen wahrscheinlich sowieso nur bunte Krakelzeichnungen. Als Kind hatte ich mir auch so eine Versteckkassette gewünscht, wie sie sonst nur die Großen in ihren massiven Schreibtischen versteckten, und eines Weihnachten tatsächlich so eine geschenkt bekommen, in Grau, mit mickrigem Schlüssel, und weil ich als Kind kein Geld zu lagern gehabt hatte, hatte ich in meiner Schatztruhe auch nur bemalte Zettel verstaut.

Jetzt, vor dem Detekteischild, im Frühling, fand ich natürlich wieder nicht die richtige Kombination.

Dafür war aber der alte Mann verschwunden.

Wir sind im Recht – Wir werden besiegen.

Die Detektei Schröder lag im ersten Stock, nach hinten hinaus, in einem fünfstöckigen Sechzigerjahrequadrat, und umfaßte exakt zwei Zimmer. Plus Flur. Plus Waschbeckentoilette. Plus Sitzsofa im Flur. Ansonsten waren beide Zimmer mit grauen Metallregalen ausgefüllt. Voll mit Büchern und Kladdeblättern. Unten durchzogen zwei schmale Heizungsrohre die einzelnen Ecken. Überall verteilt warteten offene Umzugskartons, die wohl schon seit Monaten nicht mehr verrückt worden waren. Auf der Fensterbank und dem Schreibtisch standen gefüllte Aschenbecher. Detektiv Schröder drückte auch seine Kaugummis in die Asche.

Ich war nicht angemeldet, aber das störte nicht. Neben seinem fettig glänzenden Telefon stand ein weißer Türöffner. Während ich näher auf ihn zukam, öffnete er mit beinahe religiöser Inbrunst die Innenseiten einer neuen Zeitschrift, die er anscheinend eben erst gekauft hatte. Mit spitzen feuchten Zeigefingern. Es war eine populäre Fernsehzeitschrift.

Detektiv Schröder saß breitbeinig und irgendwie irritierend *überzeugt* in einem altmodischen Ledersessel und betrachtete dann sein Sitzen, als ich vor ihm stand. Er folgte mit den Augen langsam dem Verlauf seiner Hände, vom Ellbogengelenk bis in die Fingerspitzen, und nach einigen Sekunden bewegte er, wie zum Beweis, seine Finger. Er hatte unübersehbare Sehnen. Und große, braune Augen, die lieb und aufrichtig, hündisch hilflos und verzweifelt, dann aber auch ausdruckslos und kalt wirken konnten. Er hatte glühende Backen. Aber merkwürdigerweise wirkte sein übriges Wangenfleisch, eng an die Knochen gepreßt, wie kalt. Wie Leder. Und dort hatte er auch feine rote Äderchen, die jeweils nur einige Zentimeter lang waren. Sein Gesicht sah aus wie eine Flußverlaufskarte.

»Guten Tag«, sagte er und reichte mir eine kalte Hand. Er war freundlich, obwohl es ihm wohl klar war, daß ich ihm nicht viel Geld bringen würde.

»Guten Tag«, antwortete ich mit einer ungewöhnlich hohen Stimme, die mich ein wenig erschreckte. »Ich weiß, daß dieser Beruf anders ist als im Fernsehen. Ich möchte dieses Berufsfeld aber trotzdem einmal kennenlernen. Gerade mit den Routineseiten.

Ich möchte nur eine Art Praktikum machen. Unbezahlt. Vielleicht für vier Wochen.«

Ich redete und redete.

Er öffnete dabei mit seinen langen Fingernägeln ein Vitamintablettendöschen, wobei sich mit dem Verschlußklicken weißer Pulverqualm vor dem Schreibtisch verteilte.

»Sie müssen einen Detektivkurs belegen... bezahlen...«, sagte er monoton und trank die nicht vollständig aufgelöste Brause.

»Ich möchte kein Profi werden«, antwortete ich, »nur ein Praktikum. Unbezahlt.«

Er sah mich lange an, ohne daß ich das Gefühl hatte, daß sich in diesen schleichenden Sekunden etwas in ihm tat. Es erinnerte mich an faule Grundschüler, die nicht rechnen wollen und sich deshalb einen hochangestrengten Gesichtsausdruck zusammenzaubern, bevor sie letztlich irgendeine Lieblingszahl murmeln.

»Okay«, sagte er dann langsam, »morgen früh um halb neun.«

Von diesem Tag an kam ich pünktlich um neun in sein Büro, ging freundlich ans Telefon und tippte seine wenigen Geschäftsbriefe. Schröder verfolgte fast ausschließlich Blaumacher. Es war eine Zeit geregelter Langeweile und auswegloser Monotonie, die mich aber trotzdem irgendwie ausfüllte. Ich dachte daran, daß Mandana sich wahrscheinlich neu verliebt hatte, daß sie nun nicht mehr an mich dachte und daß ich jetzt Detektiv war.

Nach einer Woche bat mich mein Vorgesetzter überraschend in sein Büro und deutete theatralisch auf den einzigen Stuhl vor seinem Schreibtisch. Er blätterte in einem schmalen Schnellhefter und übertrug mir dann formlos meinen ersten Fall. Als überreiche er mir eine Hausmitteilung. Vielleicht hatte ihm meine ruhige Briefschreibearbeit imponiert. Vielleicht wollte er mich auch einfach nur verarschen.

»Es geht um einige Beweisfotos... daß eine gewisse Frau Wendrath sich irgendwo herumtreibt, anstatt zu arbeiten«, sagte er. »Nur Fotos... Sie sind schließlich kein Detektiv.« Ich nickte brav. »Natürlich. Nur ein paar Fotos.«

Dann erzählte er mir monoton von einer achtundzwanzigjährigen Frau, »ledig, unauffällig«, die bei einer großen Computerfirma angestellt sei, aber seit zwei Monaten jeden Montag fehle. Sie war vorbestraft, wegen Diebstahl. Er betonte diese Vorstrafe mit einem verschwörerischen Unterton, weil wir beide angeblich nichts davon wissen durften. »Datenschutz.« Er zwinkerte tatsächlich wie ein Vollidiot.

Carolin Wendrath, mein Zielobjekt, wohnte rechtsrheinisch, in Köln-Deutz. Das Foto war aus einem Betriebsprospekt kopiert und zeigte eine auffallend fehlintegrierte Frau in einem schwarzen Sakko. Schwarzhaarig. Inmitten einer begeisterten Trottelgruppe war sie die einzige, die nicht lächelte. Sie hatte auffällig geschwungene Augenbrauen. Sie paßte nicht in diesen sogenannten Kollegenzusammenhalt, nicht einmal auf dieses Foto. Sie ist mein erster Fall, dachte ich.

Als erstes mußte ich nun mein Auto holen. An der Bushaltestelle fühlte ich mich schon wie ein richtiger Detektiv, weil ich auch ohne Armbanduhr die Uhrzeit abschätzen konnte. Ich beobachtete nämlich eine buntgekleidete Frau mit unsymmetrischem Kurzhaarschnitt, wie sie ungeduldig auf ihre Uhr sah. Sie stampfte aggressiv mit den Füßen, folglich hatte der Bus mindestens zwei Minuten Verspätung. Es war ziemlich genau 11.23 Uhr.

Anschließend ging ich in meinen Stammsupermarkt, um mich noch mit Lebensmitteln einzudecken. So eine Observation kann schließlich dauern. Eine alte Frau vor mir legte nur zwei kleine Sachen auf das schwarze Band. Zwei kleine Sonderangebote. Während um sie herum mit hochgetürmten Wagen geschoben und gedrängelt wurde. Als die Frau bezahlen wollte, sagte die Kassiererin: »Das ist ein alter 20-Markschein. Den müssen Sie in der Bank umtauschen. Den nehmen wir nicht mehr an.« Die Alte verstand nicht. Sie hatte sonst kein Geld dabei. Sie stand einfach blöd im Gang herum, bis sie von den nachrückenden Turmwagen verdrängt wurde. Dann stand sie dort. Einfach weiter.

Die Kassiererin war dabei der einzige Mensch, der überhaupt noch sprach. Sie saß mit vier Kolleginnen an der Hauptkasse. Müde Arbeitsmenschen räumten schweigend ihre Päckchen auf das schwarze Fließband, und nur die Kassiererinnen addierten monoton ihre Zahlen. Manchmal diktierten sie fast die gleichen Beträge.

»Zweiunddreißigmarkfünfzig«, sagte eine ältere Kassiererin und fast gleichzeitig sagte ihre Kollegin daneben: »Zweiunddreißigmarkvierundsiebzig.« Das war wie ein Jahrmarktstreffer in einer Schießbude. Dann schrie die äußerste Kassiererin plötzlich eindringlich »Hallo!« Sie keifte einer Kundin hinterher, die etwas vergessen hatte. Und die Kinder in dem Turmwagen, in der Schlange dahinter, murmelten fröhlich, minutenlang: »Hallo...«, als habe man sie wachgerüttelt, immer wieder: »Hallo... hallo...« Nur dieses eine fröhliche Echowort.

Hallo... Hallo... Wir werden besiegen...

Ich fuhr zu der angegebenen Adresse in Deutz und parkte schräg gegenüber von der

Haustür. Dann verstellte ich meinen Sitz. Ein Detektiv mußte warten können. Also wartete ich. Und wartete. Und es passierte nichts. Es war Montag, und wenn ich Pech hatte, dann saß Frau Wendrath besinnungslos besoffen in ihrem Wohnzimmer und schlief. Und ich langweilte mich. Ich hielt meine Handflächen in die vereinzelten schwächlichen Sonnenstrahlen und betrachtete die wachsenden kleinen Lichtkristalle in meiner runzligen Handfläche. Die Schweißsalze funkelten wie in einer Weihnachtsdekoration. Unter dem Daumen stand schnell ein kleiner Bach. Ich starrte krampfhaft auf die Poren, um die Löcher zu entdecken, wo das Wasser austrat. Und ich langweilte mich unsäglich. Die Straße war eine reine Wohngegend. Abstiegsbedrohte Mittelschicht, keine Fußgänger, nur Fensterspitzel. Aus jedem vierten Fenster ragte ein Drittelkopf und verharrte regungslos im Horizont. Wenn ich noch länger hier parkte, würde ich mich gnadenlos verdächtig machen.

Plötzlich aber kam mein Zielobjekt heraus und stieg in ihr Auto. Ich war stolz auf mich, daß ich sie sofort wiedererkannte. Sie wippte auf ihren Schuhen, als habe man ihr Heftzwecken unter die Ferse geklebt und traue sich jetzt weder hineinzutreten, noch die Nägelchen zu entfernen.

Sie trug nur ein leichtes dunkles Kleid und ging zielstrebig zu ihrem grünen Kleinwagen.

Dann fuhren wir auf der Autobahn in Richtung Aachen. Es war gar nicht so schwer, einen Menschen zu verfolgen. Ich fuhr nie direkt hinter ihr her, sondern ließ immer mindestens ein Auto zwischen uns passieren.

Sie blinkte hoch zum Spielcasino. Ich fotografierte motivlos, wie sie einparkte und auf das Jahrhundertwendebauwerk zuschlenderte. Anschließend fotografierte ich noch ihr parkendes Auto, mit Nummernschild, und schlenderte hinterher.

Das Aachener Spielcasino gefiel mir insofern, weil es von außen alle Wunschklischees eines frei zugänglichen Adelspalastes erfüllte und innen spießeravantgardistisch schredderte. Innen hingen sogenannte Warhols an der Wand. Innen war überhaupt alles in den Siebzigern stehengeblieben. In den Endneunzigern. Es hatte alles einen gewissen Reiz, aber es erfüllte nicht die dekadente Jugendstilparadiesigkeit, die man als Zufallsspieler erleben will. Dafür baumelten über den Roulettetischen schmale graue Kettenglieder. Wenn man nach oben sah, was ein richtiger Spieler natürlich nie tun würde, dann hingen dort Tausende kleiner Staubpartikel an den Kettengliedern. Wie Miniaturkletterwesen in einem prähistorischen Urwald.

Meine Mandantin wurde im Eingangsbereich von einem schwuchteligen Angestellten namentlich begrüßt, was unschwer darauf schließen ließ, daß sie nicht zum ersten Mal hier spielte. Sie wechselte dann nur einen einzigen Jeton über tausend Mark.

Anschließend ging sie zielstrebig an den Spieltischen vorbei, hoch zur Bar. Sie bewegte sich in ihrem schwarzen Kleid wie eine Schauspielerin bei einem Casting ohne Drehbuch. Sie hielt ihren Hals erstaunlich steif, aufrecht, wie ein Schwan. Vielleicht ging sie regelmäßig in eine fernöstliche Meditationsgruppe. Gleichzeitig sackte ihr Körper in den Hüften schwammig ab. Und ihr Kopf lauerte wie auf einem Sandfundament. Vor ihr Gesicht ließ sie zwei dünne Haarsträhnen hängen, die sie während des Gehens manchmal beobachtete. Die beiden Strähnen waren ihr anscheinend wichtig. Manchmal fuhr sie mit dem Zeigefinger prüfend die Spitzen entlang, ob sie vorschriftsmäßig hingen. An der Bar bestellte sie dann einen Kaffee. Sie schaute ziellos umher, als ob sie noch verabredet sei. Dabei preßte sie ihre Lippen links in den Mundwinkel und biß dort links in eine Falte. Es schien eine Macke von ihr zu sein. Außerdem kniff sie ihre Augen zusammen. Ich hätte schwören können, daß sie kurzsichtig war, aber ohne Sehhilfe herumstocherte. Es war mein erster Auftrag. Ich setzte mich neben sie an die Bar. Sie hatte ihre Augen mit schwarzem Kajal betont, und im linken Auge sammelten sich im Winkel kleine Farbpulverkügelchen. Erstaunlicherweise war es nicht schwer, sie anzusprechen. Weil sie auf kein Abenteuer aus war.

»Hallo... Viel Glück...«

Sie mußte sich nichts vergeben. Sie wartete nicht darauf, von einem Mann angesprochen zu werden, und sie wollte auch keine Abenteuer erleben. Sie mochte es einfach, Menschen zu erleben.

»Danke, gleichfalls...«

Also redete ich mit ihr, als plaudere ich mit einem Kantinennachbarn in der Mittagspause. Ich war schließlich ein Detektiv, ich war im Einsatz.

Wir plauderten also irgendwie über das Wetter und die allgemeine Volksgesundheit und die nächsten Olympischen Spiele, weil wir irgendwas reden mußten, und sie erzählte, daß sie als Kind gedacht hatte, daß sie die weltschnellste Kraulschwimmerin sei. Obwohl sie es gerade mit zehn erst gelernt hatte. Aber sie war sich so unglaublich schnell vorgekommen, wenn sie im Wasser kurz ihre Augen öffnete und dann die Bahnleinen seitlich an ihr vorbeijagten, ohne daß sie sich sonderlich anstrengen mußte. Mit dem Kopf immer parallel zur Wasserfläche. Dann hatte sie einmal hochgesehen und registriert, daß die anderen Kinder schon lange im Ziel waren. Manchmal ging ihr das heute noch so im Schwimmbad, daß sie sich von der Augengeschwindigkeit täuschen ließ.

Und dann sagte sie plötzlich: »In drei Stunden ist Mitternacht.«

»Was ist daran so wichtig?«

»Mitternacht ist der Übergang zum nächsten Tag«, antwortete sie. »Und morgen sterben, statistisch gesehen, wie auch heute, siebenundzwanzig Menschen bei einem Verkehrsunfall. Es sterben wohl mehr Menschen, aber siebenundzwanzig sterben bei einem bescheuerten Verkehrsunfall. Über viertausend werden heute einen Verkehrsunfall haben, allein in Deutschland, der ihr Leben verändert, der sie zum Nachdenken anregt oder bei dem sie einen Mann kennenlernen oder eine Frau, oder der vielleicht auch überhaupt nichts bewirkt, und siebenundzwanzig Menschen werden sterben... Und übermorgen genauso...«

Ich rührte verlegen meinen Kaffee. Es war mir jetzt ein wenig zu viel Tod, zu plötzlich. Sie rezitierte dann noch einige buddhistische

Sprichworte, zwei chinesische und indische Weisheiten, und ich schmunzelte kurz, weil ich plötzlich dieses Bild vor Augen hatte, sie würde nach den obligatorischen chinesischen Weisheiten auch eine Schweizer Weisheit vortragen. Oder eine aus Dänemark.

»Statistisch gesehen«, sagte sie, »verschießt ein Mann in seinem Leben dreizehn Liter Sperma. Bei eintausendvierhundertfünfzig Sexualakten.« Sie schmunzelte auf eine nette Art. Es war nicht ordinär oder anzüglich. Sie bestellte ihren zweiten Kaffee. Dabei fiel mir ihr Halbierungswahn auf. Sie trank nur kleine Tassen Kaffee, dafür aber mehrmals hintereinander, und in diese kleinen Tassen ließ sie dann aus einiger Höhe halbierte Zuckerwürfel plumpsen, die sie vorher mit einem Miniaturtaschenmesser geteilt hatte. Die Kellner duldeten das.

Ich hätte natürlich auch gern eine Zahl beigetragen, weil mir Statistiken genauso gefielen, aber ich vergaß immer alles. Als Jugendlicher hatte es mich immer wahnsinnig gemacht, alles wieder und wieder zu vergessen. Ich hatte es nicht wahrhaben wollen und Bücher mit Lineal und Bleistift *studiert*, und Karteikarten vollgeschrieben, und dann trotzdem alles wieder vergessen. Statt dessen aber völligen Blödsinn behalten. Die Farbe eines Kleides in der Grundschule, als ich meine Lehrerin parodiert hatte beispielsweise oder den Haargeruch meiner ersten Freundin.

»Manchmal, beim Dösen« sagte ich, »bin ich sicher, jede einzelne Sekunde meines Lebens gespeichert zu haben. Wirklich jede einzelne Sequenz. Tausendfach vierundzwanzig Stunden, alles abgelegt in unzugänglichen Archiven. Und wenn ich dann döse, dann überlagern sich diese Bilder manchmal...«

Sie nickte und bestellte sich einen Rotwein. »Es muß auch so sein«, sagte sie und tippte mir freundschaftlich auf den Handrücken. Diese kleine Geste schien mich porös aufzurauhen, auszutrocknen und verwundbar zu machen.

»Ich habe mich oft für meine Melancholie geschämt.« Sie sah an mir vorbei, als überlege sie, ob sie mir so etwas anvertrauen könne. *So schnell.* »Melancholie kam mir immer so passiv und überflüssig vor, und typisch westlich. Dekadent und verfettet … Aber dann merkte ich, daß sie sehr, sehr wichtig ist. Ich denke dann nämlich sehr stark an andere Menschen und was sie wohl gerade machen, wie es ihnen geht … Und dann rufe ich sie an oder schreibe kleine Postkarten.« Sie schwenkte rasant ihren Rotwein, als sollten dadurch imaginäre Fasern sinken.

Ich sah dabei, daß sie ein Taschentuch unter ihrem rechten Ärmel stecken hatte. In einem so eleganten schwarzen Kleid. Und sie hatte sich nicht ein einziges Mal die Nase geschneuzt.

»Ich bin auch die einzige, die regelmäßig an Tote denkt«, sagte sie. »Niemand sonst tut das, aber es ist meine Aufgabe, vielleicht sogar für die Gesundung der Welt. Um dadurch Brücken zu schlagen … Selbst hinüber zu Feinden … Aber jetzt muß ich arbeiten.«

Plötzlich stand sie auf und ging hinunter zu einem der grünen Roulettetische. Sie stellte sich mitten in den Raum und verharrte kurz. Dabei hielt sie ihre rechte Hand in die Seite gedrückt, als müsse sie ihre Niere wärmen. Sie stand lange so. Sie konnte anscheinend minutenlang mit der Hand in der Seite stehen und auch so herumlaufen. Dann setzte sie ihren lila Jeton auf das rote Farbfeld. Alle anderen Frauen um sie herum, ohne Jeton, schienen unentwegt zu lachen und zu nicken. Carolin wartete, ohne angespannt zu wirken, und beobachtete die rollende Kugel. Bis sie klackernd fiel und stolperte, auf die 32 und rot. Carolin blieb vollkommen ruhig. Obwohl sie gerade ihren Einsatz verdoppelt hatte. Eintausend Deutsche Mark gewonnen. Sie hielt die beiden Jetons in ihrer Hand und nickte. Der ganze Vorgang hatte vielleicht zwei Minuten gedauert.

Dann setzte sie sich wieder neben mich, als habe sie sich nur einmal eben die Nase gepudert. »Einmal in der Woche mache ich das.« Sie sprach vollkommen ruhig. »Es ist wie ein Zweitberuf . . .«

Einmal in der Woche fuhr sie nach Aachen und gewann eintausend Mark. In dreißig Sekunden. Seit zwei Monaten.

»Ich muß das Geld aber sofort wieder ausgeben«, sagte sie, »das ist kein gutes Geld. Es ist nur ein Spiel. Das Schicksal läßt mich spielen und ...«

Sie sah mich lange an. Vielleicht hatte sie etwas in meinen Augen entdeckt.

»Ich muß dich warnen«, sagte sie mit mephistophelischem Stimmbelag, »mit dem Spiel funktioniert das zwar, das Glück, aber ansonsten rutsche ich immer nur in Verbrechen hinein. Unschuldig ...«

Irgendwie klang das sehr gestelzt und irgendwie auch komisch. Und irgendwie machte es mich natürlich auch neugierig. Wie ein pawlowscher Hund.

Sie lachte selber. »Wenn du hier sitzen bleibst, dann freue ich mich, aber dann darfst du dich, wie gesagt, auch nicht wundern. Ich fliehe immer nur. Es ist meine Flucht ...«

Ein dicklicher Mann neben ihr blies daraufhin ausdauernd Rauch aus seinen Lungen. Er hatte wohl zugehört. »Flucht gehört zum Leben«, sagte er heiser und wartete mit einem undeutlichen, unscharfen, gleichzeitig aber hoheitsvollen und edlen Blick auf die Wirkung seiner Worte. »Ich habe Gott gesehen...«, setzte er dann nach, »ich flüchte unentwegt davor...« Der Mann trug einen gepflegten, blauen Anzug und eine bunte Obstkrawatte. Er hatte comicartige Glubschaugen, rotporige Backen, massige Ohren, massige Arme und Beine und Brauen, dicke lila Lippen, – aber eine winzige weiße Nase.

Carolin und ich sahen uns daraufhin tief in die Augen.

»Ich muß die Spuren vertuschen«, sagte der Mann. »Weil es sonst eine Katastrophe gibt. Weil mit der Gewißheit, der wirklichen, unabwendbaren Gewißheit, daß es einen Gott gibt und einen Auftrag und eine wirkliche Sterblichkeit, kein Leben in der jetzigen Form mehr möglich ist... Verstehen Sie mich!«

Ich bestellte einen Wodka Tonic.

»Natürlich sind Reisen in die Vergangenheit und in die Zukunft möglich!« betonte der Mann, als ob ich mich mit ihm gestritten hätte. Dabei hatte ich überhaupt nichts gesagt. Ich wollte auch nichts sagen. Ich sah nur Carolin an.

»Unsichtbare Wesen reisen durch die Vergangenheit und die Zukunft«, sagte der Mann, »Tote ... reisen ... Es gibt keine Möglichkeit des Eingreifens. Alles nur Energie. Unsere Zimmer sind voll mit zeitreisenden Wesen. Auch das Spielcasino hier ... Wesen, für die Zeit keine Rolle mehr spielt, die nur von Energiefeldern angezogen werden ...«

Carolin deutete mir an, daß ich mich zu ihr hinbeugen sollte. »Nicht so böse schauen«, flüsterte sie in mein Ohr, mit einem warmen Parfumhauch, »der hat Geld ... daraus läßt sich was machen ...« Also lächelte ich.

Der Mann hielt seine Hand unentwegt gefaltet, als gäbe ihm diese Fesselung Schutz. Er sprach auch in seine Hände. Er verkörperte eine merkwürdige Mischung aus hartnäckig verteidigtem Stolz und kreischender Weinerlichkeit, die unangemeldet hervorzuwürgen drohte. Seinen Aktenkoffer trug er wie eine Waffe.

»Der hat immer Angst vor Katastrophen«, flüsterte Carolin, und ich genoß ihre warme Stimme an meinem Ohr, »also hat er fast sein ganzes Geld abgehoben, um in einem Krisenfall ins Ausland zu verschwinden.«

Inzwischen erzählte der Millionär einer weiteren Nachbarin, daß er zwei Tage in Todesangst gelebt habe, weil ein offensichtlich Verrückter ihn angehaucht hatte. Der offensichtlich Verrückte hatte einen perversen Blick gehabt, und einen Trenchcoat getragen, im Sommer, und der Millionär hatte dessen Atem, keine Bierfahne, bis auf seinen Sitz gerochen.

Diese andere Frau erschreckte mich. Sie verkörperte fast schon den *Tod*. Sie hatte keine Augenbrauen, die fehlenden Brauen aber mit dickem Kajal nachgezogen, wie überhaupt das ganze Gesicht voll mit brauner Creme ausgefüllt war. Schmaler Lippenstift. Und gleichzeitig war sie so schläfrig. Sie hatte das Lächeln einer rentenversicherten Henkerin. Ihr tropften Wasserpunkte von ihrem abgestandenen Glas, aus dem sie spartanisch eine eklig bunte Brühe nippte, auf den Ärmel, und saugten sich dort zu dunklen Punkten.

»Bist du eigentlich … liiert?« Ich berührte Carolin am Hemd.

Sie sah mich sehr enttäuscht an.

Es war wirklich eine blöde Frage. Und so plump.

»Ich war mal sehr, sehr verliebt...«, sagte sie dann. »Das ist aber schon zwei Jahre her... Ein Informatiker aus Indien, der in München als Projektleiter arbeitete... Er war davon überzeugt, daß der Schlüssel zu einer weiteren technologischen Entwicklungsstufe nicht in der herkömmlichen abendländischen Logik, sondern in verschütteten Kulturen verborgen sei... In deren scheinbarer Unlogik. In deren dreidimensionalem Denken. Also beschäftigt er sich tagtäglich mit afrikanischen und australischen Ureinwohnern. Aber es gibt kaum noch welche... Also ist er in Panik nach Afrika gefahren... Und hat sich nie mehr gemeldet. Es gibt kein Lebenszeichen... Auch keinen offiziellen Tod... Freunde aus Namibia haben einen Suchtrupp organisiert, nachdem auch die Polizei nichts ausrichten konnte, alles aussichtslos...«

Ich sah ihr eher hilflos entgegen. Ich hätte nicht mit so einer langen Geschichte gerechnet.

»Inzwischen will ich ihn auch nicht mehr.« Es klang trotzig und brutal. »Obwohl... Jemand ruft meinen Anrufbeantworter ab... Regelmäßig. Jemand nimmt teil an meinem Leben. Und manchmal habe ich diese merkwürdige Vorstellung, daß er das ist...«

Ich sah ablenkend auf den dicken Millionär und dessen angeregte Unterhaltung mit seiner Nachbarin. Die Frau hatte etwas Fasriges zwischen ihren Zähnen. Gleichzeitig kaute sie etwas Nussiges. Was sich im warmen Mundbrei nicht zerkleinern ließ. Ihr ganzer Mund verzog sich kreiselnd und mahlend. Es tat weh, ihr zuzusehen. Die wenigen Gesprächsfetzen, die ich aufschnappen konnte, waren allerdings recht spannend. Ihr verstorbener Mann war angeblich im Krieg in Picassos Atelier eingedrungen und hatte Briefe mitgenommen. Heimlich. Die sie bis heute versteckte und nicht rausrückte, weil sie den Mythos Picasso nicht zerstören wollte. Picasso habe angeblich zeitlebens vor dieser Briefveröffentlichung Angst gehabt, und für den Fall des Erscheinens seinen Selbstmord geplant. Die Frau wollte die

Briefe allerdings auch nicht verbrennen. Sie lagerten irgendwo in ihrer Wohnung.

Carolin kritzelte auf der Speisekarte herum, auf Straßenbahntickets und Servietten. Quadrate und Kreise. Ihr Kugelschreiber war unten beschädigt. Das Plastik war abgesplittert. Die Mine rotierte innen im Gehäuse so stark und gegenläufig, daß sie ihre Schreibbewegungen nicht in der Geschwindigkeit ausführen konnte, in der sie ansetzte.

»Wir müssen gehen«, zischte sie.

Ich verstand nicht. Und mein Bier war nicht mal zur Hälfte ausgetrunken.

»Wir-müssen-hier-raus!«

Es klang sehr überzeugend.

Ich bezahlte unsere verstreuten Getränke und folgte ihr nach draußen. Gerade als ich durch die Halle trippelte, hörte ich den dicken Mann hinten schreien. Er brüllte und kreischte, und mir wurde heiß und heißer, weil ich mich augenblicklich schuldig fühlte. Aber ich rannte hinter Carolin her.

»Mein Koffer!« Der Dicke brüllte, als habe man ihn abgestochen.

Carolin öffnete mir draußen die Taxitür.

»Wohin fahren wir?«

»Nach Bad Neuenahr«, sagte sie.

So etwas ist doch auffällig, dachte ich und viel zu teuer. Und unsere Autos stehen noch auf dem Parkplatz.

»Du weißt...« *Was drinnen geschehen ist?* wollte ich fragen.

»Ich weiß.« Sie lehnte sich zurück in den Rücksitz und schloß die Augen. Dann sagte sie »Giovanni« zu mir. Ob ich tatsächlich vorhabe, morgen nach Mailand zurückzufliegen. Ob meine Mama immer noch alleine auf diesem Landsitz lebe. Ob ich wirklich mein Aktienpaket verkaufen wolle, an dieses arabische Konsortium.

Ich dachte, sie wolle ein Alibi zimmern, für den Taxifahrer, aber als ich sie dann sitzen sah, mit ihren geschlossenen Augen, hatte ich das Gefühl, daß sie prinzipiell Spaß hatte, eine Rolle zu spielen.

»Wahrscheinlich drehe ich doch keinen Videoclip«, sagte ich. Sie schmunzelte. Ich hatte also recht. Es ging ihr nur um das Spiel. Ich schätzte sie so ein, daß sie sich an manchen Tagen eigens für so eine läppische

Stadtfahrt umzog. Nur für so eine Taxifahrt. Für zehn Minuten. Und diese Fahrt wahrscheinlich schon Tage vorher plante, nur diese eine kleine Fahrt.

»Das Pop-Geschäft ist doch vollkommen verhurt. Letztens habe ich wieder eine Heavy-Metall-Group entdeckt . . .«

Ich spielte allerdings genauso gerne. Meine Stimme veränderte sich schon. Ich konnte mir vorstellen, wie ich mich nur für Carolin in einen Mietanzug klemmte und neben ihr herphantasierte.

»Ich werde mir nächste Woche eine Pythonschlange kaufen.« Wir beide sind auf der Flucht, dachte ich. Und grinste. »Ich bin übrigens ein Detektiv.«

»Ein Detektiv . . .« Es amüsierte sie. »Dann kann ich dir ja auch eine Geschichte erzählen, Giovanni. Ich bin nämlich vorbestraft . . . Das hängt damit zusammen, daß ich mir vor drei Jahren im Büro eine Kleinigkeit *geliehen* habe. Es war ein Buch über Astrologie, von einer Kollegin, die nicht wußte, daß ich es genommen hatte, und ich wollte es auch ganz bestimmt am nächsten Tag zurücklegen.

Aber das Buch war so spannend ... Zwei Wochen später wurden wir alle von der Kriminalpolizei verhört ...«

»Wegen einem Astrologiebuch?!!«

»Nein, es ging um eine wirklich große Betrugsaffäre, mit der ich nichts zu tun hatte ... aber ich war irgendwie so verkrampft wegen dem Buch, daß ich mich mit dem Alibi verzettelte, also wo und warum ich irgendwo gewesen bin, und dann bin ich von Tag zu Tag immer auffälliger geworden, und habe irgendwann ganz geschwiegen ... Aus Trotz ... Es konnte mir nichts bewiesen werden, aber etwas ist hängengeblieben ... Tiefer, irgendwie, verstehst du ...«

Der Taxifahrer räusperte sich plötzlich übertrieben deutlich und kramte in seiner Geldbörse. Er hatte eine ungewöhnlich knollige Nase und abstehende Ohren. »Bad Neuenahr ... Das nächste Hotel neben dem Spielcasino.« Er setzte die Silben so klar und präzise, als erwarte er jetzt Widerspruch. Dabei kramte er unentwegt weiter in seiner massigen Geldbörse. »Der Rest ist für Sie.« Carolin gab sich großzügig.

Neben der kleinen Pension versuchte eine Boutiquenbesitzerin einen Aufkleber von der Innenseite ihres Schaufensters zu entfernen. Sie kam nicht richtig an das Glas heran und hing sekundenlang zwischen ihrer Standfläche und der Schaufensterscheibe. Sie wollte nicht zurück und hoffte wohl auf einen millimeterstarken Wachstumsschub und hielt ihre Handfläche deshalb nach vorne gestreckt wie ein Kleinkind. An ihrer Schläfe pochte eine schlangenförmig geringelte Ader.

Es war ein merkwürdiges Gefühl, sich vorwärts zu bewegen, zu gehen, während sie sich scheinbar regungslos streckte. Einmal schloß sie ihre Augen, als ob sie jetzt losfliege.

»Sauber, gepflegt ... aber besser kein Frühstück nehmen ...« Carolin bewegte sich so selbstverständlich in dem Gebäude, als habe sie schon einmal in dem Hotel übernachtet. Sie achtete nicht einmal mehr auf die Inneneinrichtung. Es war ein sogenanntes Mittelklassehotel mit sogenannten gutbürgerlichen Mahlzeiten.

»Aber ich fahre nicht Aufzug. Also bitte

ein Zimmer nicht zu weit oben.« Der Portier sah sie mitfühlend an. Er säuselte mit einem eigenartigen Zartschmelz in der Stimme, während er in seinem Reservierungsbuch blätterte und knapp an ihr vorbeisah.

»Zimmer 31«, sagte er dann und überreichte ihr die Schlüssel, in Zeitlupe, als habe sie nur noch zwei Wochen zu leben. Mich übersah er völlig. Hinter uns trudelte ein Spaziergangspärchen auf den Aufzug zu, und beide betrachteten uns irritiert, weil wir an ihnen vorbei durch die versteckte Tür gingen. In ein dunkles Treppenhaus. Es sah in der Tat verdächtig aus. Ich war noch nie in dem Bauch eines Hotels herumgeklettert. Wir mußten in jedem Stockwerk das Flurlicht anklicken und warten, bis sich die Lampen nacheinander entzündeten. Ansonsten war es schön, so zu spazieren. Die Etagen waren still und schwarz. Und wir entzündeten unentwegt ein neues Feuerwerk.

Wir sprachen keinen Ton.

Im Hotelzimmer legten wir uns vorsichtig nebeneinander auf das Bett. Als sie nach einigen Minuten wieder zu phantasieren begann, redete sie in meine Achselhöhle hinein. Sie erzählte von ihrer Montagsflucht ins Spielcasino und der Dienstagsstarre im Büro. Ihr Erzählen vibrierte manchmal wie bei einem elektrischen Gerät. Einige Worte blieben auch zwischen Brust und Achsel hängen, aber es war wunderschön. Sie erzählte von ihrer ersten Liebe. Ich erinnerte mich auch daran. An meine erste Liebe. An eine Klassenfahrt. Wir waren irgendwo in der Eifel zusammen auf eine gemischte Ausflugstoilette gegangen, die nur durch eine vibrierende Blechwand getrennt war. Ich konnte hören, wie meine Erste Liebe ihren Gürtel löste, was sie wohl auch bei mir hören konnte, und ich hörte, wie sie sich setzte und druckvoll strullte. Dieses Geräusch war tödlich für mich gewesen. Ich hatte mich immer bemüht, einen feinen Strahl zu setzen, der unhörbar am Rand des Beckens versickerte, und sie strullte laut hinein in die Wassersammlung. Ich hörte sie sitzen und wußte, daß es ihr gleichzeitig genauso unangenehm war, mich zu hören.

Carolin hielt jetzt die Augen geschlossen. Wenn sie sprach, dann bewegte sie sich nicht. Sie lag still und warm in meinem Arm und rekelte sich nur in den Pausen. Dann trank sie auch und ließ den Wein in ihren Körper sinken. Ich hielt die Hand auf ihrem Bauch und hatte das komische Gefühl, daß ich den Wein bis dahin verfolgen konnte. Dabei schien ein schmaler kitschiger Sonnenstrahl durch das Fenster herein und wärmte unsere Füße. Wir lagen beide mit nackten Füßen auf der Matratze, und ich hatte wirklich das Gefühl, daß unsere Zehen heiß anliefen. Als ich Carolin ansah, weil ich wissen wollte, ob ihr unsere gemeinsamen Hitzefüße gefielen, berührte ich ihre kalte Nase. Sie streichelte meinen Bauch und klopfte darauf, wie bei Freunden, und dabei kam sie unabsichtlich an meine harte Erektion. Wir sahen aneinander vorbei.

»Ich bin abergläubisch«, lenkte ich ab und zeigte ihr meine Ritualschatulle. Wir überlegten einige neue Kombinationen, die sich natürlich allesamt als falsch erwiesen, dann schauten wir ziellos Fernsehen, um vielleicht zu erfahren, was aus der Spielcasinosache geworden war.

In den Lokalnachrichten kam nur eine Meldung, über einen Mord. Eine zerstückelte Leiche, gleich in der Nähe.

»Hast du schon mal eine Leiche gesehen?«

»Nicht direkt«, sagte ich. »Als Kind war ich auf einer Beerdigung, aber ich habe mich nicht getraut, in den Sarg zu schauen. Ich habe aber dieses jammernde Weinen im Ohr. Bei uns zu Hause war man sonst nie verzweifelt. Man litt nur. Auch in der Nachbarschaft. Und auf einmal schrien da zwei Frauen wie im Orient...«

»Ich habe noch nie eine Leiche gesehen...«, sagte sie.

Also standen wir wieder auf und machten uns fertig.

Diesmal drückte sie den Knopf zum Aufzug. Erstaunlicherweise war ich nicht einmal überrascht. Ich ging hinter ihr in die verspiegelte Kabine und betrachtete ihr Gesicht von verschiedenen Seiten.

An der Pforte unten saß inzwischen ein anderer Portier, der uns nicht kannte. Der also nur freundlich grüßte. Für den es selbstverständlich war, daß wir aus dem Aufzug kamen.

»Ich habe in der Zeitung mal eine Leiche gesehen, die mich allerdings durchgerüttelt hat«, sagte ich. »Jemand, den ich flüchtig kannte…« Es ging dabei um einen gewissen Maurice, der eigentlich Gerd hieß, aber weil er in den Siebzigern vor der Bundeswehr durch Europa geflüchtet war und drei Brocken Konversationsfranzösisch husten konnte, hatte er irgendwann den Spitznamen Maurice bekommen. Auf den Namen war er stolz gewesen. Er hatte sich richtig in den Namen hineingelebt und ihn und die Franzosen verteidigt. Gegen alles. Gegen jeden. Ohne Sinn und Verstand. Zum Schluß hatte er monatelang in einem Tunnel am Bahndamm gelegen, verwest bis zur Unkenntlichkeit. Man hatte anfänglich nicht mal das Geschlecht bestimmen können und deshalb hatte die *Bild* oder eine ähnliche Zeitung gleich einen freilaufenden Mörder erfunden und diese Geschichte auch später nicht aufgegeben. »Irgendwann hatte man

Maurice aber doch anhand seiner auffälligen Goldzähne identifizieren können ... aber es hatte ihn ohnehin niemand vermißt. Er war so ein Schwätzer gewesen.« Er war so einsam gewesen, daß er sich mit Schlaftabletten umgebracht hatte.

Schlaftabletten sind untypisch für Männer. Und selbst im Tod war er so einsam gewesen, daß er fast bis zur völligen Verwesung da gelegen hatte. Vier Monate lang.

Sie hustete.

Wir durften dann nicht auf das abgesperrte Waldstück fahren, auf dem die Leiche gefunden worden war, aber Carolin drehte trotzdem nicht ab. Sie parkte einfach an der nächsten Kurve und stieg rücklings in den Wald. Ich folgte ihr. Sie wollte diese Leiche sehen, und ich kam mir inzwischen tatsächlich wie ein gesuchter Verbrecher vor, der der Polizei ein Schnippchen schlug. Ich konnte mich richtig in diese Rolle hineindenken.

In einer Talsohle, vor einem kleinen Plätscherbach, konnten wir die Polizisten arbeiten sehen. Die Männer hockten neben der verpackten Toten und deuteten auf vereinzelte Äste und Tropfen. Carolin wollte noch näher heran. Sie wollte tatsächlich diese blöde Leiche sehen. Ich folgte ihr durch das Gestrüpp, im Watschelgang, gebückt und atemlos, und als wir nur noch fünfzehn Meter von dem Tatort entfernt waren, leuchtete uns plötzlich ein greller Scheinwerferkegel ins Gesicht. »Hey! Was suchen Sie da?! Kommen Sie heraus!«

Carolin antwortete nicht, kam natürlich auch nicht aus dem Gestrüpp heraus, sondern lief augenblicklich zurück in das Gestrüpp. Ich rannte hinter ihr her. Dann hörte ich scharfe Befehle und ein japsendes Hundebellen. Ich hatte Angst. Aber wir schafften es bis zum Auto und rasten mit Vollgas davon. Über Feldwege.

Wir sprachen kein Wort.

Wir waren schließlich auf der Flucht.

»Eine junge Frau...«, sagte sie nach einigen Minuten, mit belegter Stimme, als wir endlich wieder auf eine kleine Betonstraße trafen. Die in eine kleine Betonortschaft ohne Menschen führte.

»Vielleicht wollte sie mit ihrem neuen Geliebten baden fahren... romantisch... baden und schmusen... Vielleicht hat er sie von hinten erwürgt... Sie hat nicht einmal geahnt, daß sie sterben muß...«

Der Ortsmittelpunkt war ein gigantischer, häßlicher Supermarkt. Kein Mensch war auf den Straßen unterwegs.

»Wir brauchen noch etwas Geld«, sagte sie und reichte mir ihre EC-Karte. Neben dem Mittelpunktssupermarkt war eine Plattenbaubank mit Geldautomat. Sie diktierte mir ihre Geheimnummer.

»Warum gehst du nicht?«

»Ich habe ein ungutes Gefühl... Nimm vierhundert...«

Gegen ungute Gefühle konnte man wenig ausrichten, obwohl ich inzwischen auch nur noch ungute Gefühle hatte. Also stieg ich aus dem Wagen. In dieser Ortschaft, in dieser Stille, kam ich mir wie ein Cowboy vor. Mit dreckigen Stiefeln, durchgescheuerten Hosen und einem verdursteten Gaul. Nach zwei Wochen Ausritt zum ersten Mal wieder in einer kleinen Ortschaft.

Innen, in der Dorffiliale, setzte ich mich erst einmal einfach nur auf einen Stuhl am Ende der gesicherten kleinen Vorhalle. Hinter dem Geldautomaten. Und auf diesem Stuhl tat ich *nichts*. Ich saß einfach nur da und betrachtete die kleine verlassene Filiale. Es war eine nette Vorstellung, jeden Morgen wiederzukommen, in diese kleine Dorffiliale, und einfach nur auf diesem Stuhl am Ende der fensterlosen Filiale zu sitzen. Und zu glotzen. Ich würde sicher verhaftet werden.

Ich würde verhört werden und nicht erklären können, warum ich täglich in die Bankfiliale schlich. Nach drei Stunden würde ich dann zugeben, einen Überfall geplant zu haben. Ich würde zehn Jahre lang im Gefängnis schmoren und am vorletzten Haftstrafentag von einem drogenverwirrten Zellengenossen erschlagen werden. Was die öffentliche Presse als heldenhafte Abrechnung innerhalb einer genetisch verkommenen Spezies bezeichnen würde.

Plötzlich öffnete sich die gläserne Schiebetüre, und ein nervöser Mann kam herein. Ich erschrak richtig, weil ich nicht mehr damit gerechnet hatte, daß hier irgendein Mensch auftauchen würde. In dieser Einöde. Am Ende der Welt.

»Schau mich nicht so blöd an!« zischte der Mann. »Glotz weg!«

Er trug einen schwarzen Wintermantel, der in allen Bewegungsfalten speckig glänzte. Bei jedem Schritt wälzten sich Dutzende Falten durcheinander. Eine eklige Augenentzündung hat er, dachte ich, und eine Nasenentzündung, dachte ich, dann sah ich, daß es ein dicklicher Perlenring in der Augenbraue und ein schwarzer Stift in der Nase war. Er schlug auf die Videokamera gegenüber dem Automaten. Dann fuchtelte er seine Karte in den Apparat, tippte eine Nummer, bei der er anscheinend einen Fehler machte, also tippte er sie noch einmal, blickte sich unentwegt zu mir um, wartete hektisch auf sein Geld und verschwand.

»Schau mich nicht so blöde an!«

Anscheinend verfügte er nur über diesen einen Satz.

Die Glastür schloß sich wieder, und ich steckte meinerseits Carolins Karte in das

Geldscheinenachbargerät, und betrachtete mich währenddessen in dem Spiegel neben dem Ausgabeschlitz. Der Spiegel war nach oben hin zu der Aufzeichnungskamera gerichtet. Ich achtete darauf, ob ich müde aussah. Jeden Tag betrachteten sich wahrscheinlich Hunderte Menschen skeptisch in diesem Spiegel, damit in der Kamera, und ich hoffte, daß es einen Beamten gab, der all diese Gesichter abends bewerten und protokollieren müßte. Ich zog das Geld heraus und ging zum Auto.

Dann fuhren wir zurück in das Hotel.

Ich wollte eigentlich nur noch ins Bett fallen und ein wenig fernsehen, endlich entspannen und nachdenken, aber an der Rezeption verlangte Carolin plötzlich die Rechnung. Im Auto hatte sie nichts davon anklingen lassen.

»Es ist besser, wir nehmen ein anderes Hotel«, flüsterte sie. Also reichte sie dem verdutzten Portier mehrere Scheine. Der arme Kerl wollte unentwegt wissen, ob es uns bei ihnen nicht gefallen habe, ob es wegen den Frühstückszeiten sei, und so weiter.

Carolin sagte, ihre Mutter sei überraschend krank geworden.

»Wir müssen unverzüglich zurück nach Hamburg. Wir haben kein Gepäck. Wir müssen gleich weiter.«

Draußen schlenderten wir dann bis zum nächsten Hotel. Es lag nur wenige Häuserblöcke entfernt.

Wir bestellten erneut ein Zimmer, und Carolin erzählte wieder ihre Geschichte mit dem Aufzug. Keinen Fuß setze sie in einen Lift, auch wenn die Leute lachten und feixten.

»Niemand lacht Sie hier aus«, tönte auch dieser Portier kämpferisch und betrachtete sie gleichzeitig wie eine Pestinfizierte. Anscheinend sind sie uns noch nicht auf die Schliche gekommen, dachte ich.

Das Zimmer war nicht so schön gelegen wie in dem Hotel davor. Das Bett jetzt war in der Mitte durchgelegen. Außerdem waren einige Scharniere locker. Es quietschte nicht, aber als ich mich mit dem Rücken still aufs Bett legte, verstärkte das Bett rhythmische Herzschlagschraubengeräusche. Das Bett war groß und breit. Und in die Geräusche hinein fühlte ich ein metergroßes ausgeprägtes Herz. Mein Herz. Ein rhythmisches Möbelstück.

Carolin langweilte sich und telefonierte. Sie wählte ihre eigene Telefonnummer, aber mit verschiedenen Vorwahlen davor, also in verschiedenen Städten. Fremde Menschen. Mit ihrer Nummer. Wahrscheinlich ergab sich auch dabei wieder irgendeine tiefere Verbindung.

»Ich muß noch meine große Flucht vorbereiten«, sagte sie dann und legte den Telefonhörer zur Seite. Angeblich konnte sie ihre Schulden nicht mehr länger umschulden. Angeblich hatte sie ihre Ziele nicht erreicht, was sie nicht ertrug, und wollte weg – und dafür wollte sie wenigstens gut im Andenken bleiben.

»Das Wichtigste bleibt im Kopf...«, sagte sie.

Deshalb wollte sie eine riesige Party schmeißen, eine gigantische Stadtteilparty, und in den Wochen vor der Party und damit in den Wochen vor der Flucht, ausschließlich nur Gutes tun.

»Ich werde bestimmt oft an dich denken«, sagte ich.

Im Fernseher lief ein Musikvideo, MTV, ohne Ton. Wenn ich in Hotels schlief, stellte ich immer MTV ein. Gleich morgens nach dem Telefonwecken. Oder abends, vor dem Schlafengehen. Immer MTV, um noch zu dösen. Überall auf der Welt. Ich hielt die Augen geschlossen, aber die farbigen Fernsehlichtschnitte zuckten quer durch das Zimmer über meine Lider hinweg. Und manchmal löste so ein Farbflimmern hinter meinen geschlossenen Augen ein weiteres Bild in meinem Kopf aus. Eine belanglose Erinnerung. *Vergangenheit.*

Ich atmete ihren Körpergeruch neben mir und lauschte weiter in die Gegend. In dem Nachbarzimmer lernte tatsächlich ein Kind lesen. Es war das einzige Geräusch. Die langgezogenen Buchstaben umhüllten uns beide wie mit einem dichten Zaubermantel.

Fffffffffoooooogggggglllllll... Aaaaaaaauuuuuuttttttttttooooo. Das Nachbarkind war ein begabtes Mädchen. Sie dehnte die Silben begierig und aggressiv. Sie wollte den *Sinn*. Sie wollte nicht bis zum Ende des Wortes warten.

Dann stellte ich den Fernsehton lauter und ging unter die Dusche. Ich hatte die Vorstellung, daß mich warmes Wasser entspannen und anschließend kaltes Wasser wachpeitschen würde. Ich bückte mich im Wannenbecken nach der Seife und stützte mich dabei an der glitschigen Wand ab. Ich rutschte einige Millimeter an den Kacheln ab, fing mich aber trotz meiner nassen Finger und duschte weiter.

Anschließend konnte ich mich aber nicht mehr von dem Gedanken lösen, daß ich vor einer Sekunde fast mein Augenlicht verloren hätte. Ich stand unter dem warmen Wasserstrahl und führte mir immer wieder dieses harmlose Millimeterrutschen vor. Wenn ich mich nicht gefangen hätte, wäre ich mit dem Auge auf den gesplitterten Metallhaken gerutscht. Mit vollem Karacho. Es kam mir vor wie ein Nullpunkt. Wäre ich nur einen Hauch stärker gerutscht, säße ich jetzt im Krankenhaus und wäre halbblind, vielleicht tot ... Es war nichts passiert.

Aber ich hatte plötzlich das Gefühl, als ob es jeden Tag mindestens drei solcher Nullpunkte gab. Folgenlose Ausrutscher, Versehen, Unkonzentriertheiten. Die auch mit Totschlag enden konnten.

»Ich will nicht schlafen ...«

Carolin öffnete die Badezimmertür und schaute irritiert auf meine Versunkenheit.

»Sollen wir ins Casino gehen?«

Sie schüttelte den Kopf. Sie wollte tatsächlich nur spazierengehen. »Ich darf nur einmal in der Woche spielen. Nie zweimal hintereinander ... Das ist wie ein Fluch ...«

Also gingen wir spazieren.

Es war sehr langweilig. Bad Neuenahr ist keine Wanderlandschaft für ein junges Paar auf der Flucht.

An einer Weggabelung sprach uns allerdings eine alte Frau an. Ob wir vielleicht ihren Hund gesehen hätten. Sie beschrieb uns einen fetten Pudel, und wir waren schon froh über so eine Abwechslung. In Bad Neuenahr. Die Alte war viel zu warm gekleidet. Auffällig warm. Mit Schal, Strickmütze und zwei Jacken. All ihre Sachen schimmerten stumpf, als seien sie seit Monaten nicht mehr gewaschen, sondern nur gelüftet worden. Und sie trug ihre langen Haare offen. Ich hatte noch nie eine alte Frau gesehen, die ihre weißlichen Haare wie ein kleines Mädchen trug.

»Hier in der Waldgegend«, sagte Carolin, »da entwischt schon mal ein Hund…«

»Der kann nicht mehr laufen«, sagte die alte Frau. »Der war fast so alt wie ich. Der ist dann plötzlich gestorben, vor einem Spaziergang. Mitten im Haus…«

»Ach so…«

»Jaa, und ich habe natürlich nicht gewußt, was ich machen sollte. Beerdigen. Ich habe ja keinen Garten, wollte meinen Schatz aber auch nicht weggeben… Und ein Freund hat zugesagt, den Hund in seinem Garten zu vergraben. Ich müßte ›Jacky‹ nur hinbringen… Also habe ich in einem Fernsehgeschäft nach einem großen Karton gefragt und den Hund hineingepackt. Der war schon ganz schön schwer… Ein Nachbar mußte ihn mir bis auf die Straße tragen ... Dann hab ich auf den Bus gewartet ... Und während ich da stehe, kommen zwei Ägypter vorbei und fragen, ob ich ihnen einen 100-Mark-Schein im Geschäft wechseln gehen kann. Sie selber würden da nicht bedient ...«

Die Frau sei hineingegangen, habe den Schein gewechselt, und als sie rauskam, waren die Männer mit dem scheinbar fabrikneuen Fernseher verschwunden.

»Ich muß ihn doch beerdigen«, sagte die Frau.

»Wir halten die Augen offen ...«, antwortete ich.

»Ganz bestimmt halten wir die Augen offen ...«, sagte Carolin.

Am nächsten Morgen lasen wir in den Lokalmeldungen, daß ich ein Scheckkartenbetrüger sei. Beim Frühstück. In Bad Neuenahr.

»So etwas können sie ziemlich schnell hier ... in diesem Kaff«, sagte Carolin und bestrich ihr Brötchen mit dreifach Butter. Ohne Belag. Es war klar, daß die Uhren im Auszahlungsautomaten und in der Videokamera nicht synchron gelaufen waren. Wie es schon mal vorkommt. Und der Typ vor mir hatte auch noch draufgeschlagen.

»Richtigstellen? Oder fliehen?«

»Natürlich weg«, sagte sie und ließ das verspachtelte Brötchen auf dem Teller zurück. »Schnell weg …«

Wir bemühten uns, beiläufig die Rechnung zu bezahlen, ohne aufzufallen, in der berechtigten Hoffnung, daß die Leute hier entweder keine Zeitung lasen oder ein unscharfes Videoprint nicht mit einem realen Menschen in Verbindung bringen konnten.

Der Portier sprach allerdings kein Wort.

»Schneller«, sagte sie.

Da sah er zum ersten Mal auf.

Draußen, vor dem Hotel, war nirgendwo ein Taxi zu sehen. Weiter die Straße hinunter war allerdings ein Halteplatz. Also rannten wir los. Mitten auf der Fahrbahn, genau auf dem gebrochenen, weißen Mittelstreifen, über eine rote Ampel hinweg, voneinander angestachelt, hypertonisch hochgeschaltet, von einer bescheuerten Angst, daß uns dieses eine Taxi vor der Nase davonfahren könnte.

Unsere letzte Hoffnung. Dabei bräuchten wir doch nur nach einem anderen Taxi zu telefonieren. Aber an so etwas dachten wir nicht mehr. An Logik. Es ging nur noch um dieses eine Taxi dort unten, und es ging um Leben oder Tod. Und abhauen. *Schneller!* Mitten auf der Fahrbahn. Wir rannten und ächzten und wurden kurz vor dem Taxi von einer Streife aufgehalten. »Haben wir es eilig?« fragte der Fahrerpolizist in bedrohlichem Unterton. Im Schrittempo. »Kommen Sie doch mal bitte auf den Gehsteig.«

Carolin lief einfach weiter.

Sie rannte und beschleunigte und sprang über einen Zaun in einen Privatgarten hinein. Von dort aus über einen Hof in einen weiteren Garten.

Der Polizist war so erstaunt, daß er sich augenblicklich in meine Jacke krallte und seinen Kollegen herauskommandierte. »Halt ihn!«

Sein Kollege griff instinktiv zur Waffe und hielt sie vor mein Gesicht.

Ich wußte, daß das Spiel aus war. Ich reichte dem Polizisten langsam die Zeitung und kreuzte dann meine Hände. Es war ein blödes Gefühl. *Gefängnis.* Und Carolin war getürmt.

»Was soll das?« fragte der Polizist und blickte sich dabei hektisch um. Er erwartete anscheinend noch mehrere Sprinter.

»Ich bin der Scheckbetrüger auf dem Foto...«, sagte ich und sah nach unten. Es gab nichts mehr zu sagen.

»Das ist doch gestern schon korrigiert worden... Asynchrone Aufnahme... Es war der Mann davor... Aber warum fühlen Sie sich eigentlich schuldig... wenn Sie doch wissen, daß Sie es nicht gewesen sind?«

Ich reichte dem Polizisten meinen Personalausweis. Mich irritierte, daß der Polizist auf der linken Wange bleich geschminkt war. Wie auf britischen Modephotos. Exakt und gleichmäßig. Dann sah ich, daß es eine Spiegelung der letzten Sonnenstrahlen war. Vom Seitenspiegel exakt auf seine Wangen. Aber er spürte es nicht. Er spürte die Sonne nicht.

Sein Kollege diktierte meine Personalien in ein Funkgerät und reichte mir dann verächtlich meine Plastikkarte.

»Sie sind einverstanden mit einer Verwarnung ... wegen Übertretung einer roten Ampel und Verkehrsgefährdung ...«

Ich nickte. Und bezahlte. Um das Auto herum sammelten sich inzwischen geballte Rentnerenergien. Eine sehr dicke Frau zog ein irrsinnig kleines Hundeknäuel mit in die erste Reihe. Das kleine Wesen war kaum größer als ein Tennisball. Dann kackte das Knäuel einen Faden, der aufgereiht mehr als die Hälfte seines Körpergewichts ausmachte. Es bestand anscheinend nur aus Scheiße.

Ich war ein Verbrecher.

Auch die Polizisten waren unsicher, ob sie mich einfach so gehen lassen konnten. Also fragten sie hartnäckig, was ich hier in Bad Neuenahr zu suchen habe und ob ich einen festen Wohnsitz habe. Wann ich zurückfahre? Warum ich so eine Jacke trage? Hinter uns tänzelte gehetzt ein Mann mit einem braunen Kashmere-Mantel. Dazu trug er eine rote Graffiti-Jogginghose, und an seinem Gürtel schlingerte ein schnörkelloser Spazierstock. Das Beängstigende aber war sein tiefbraunes Gesicht. Als sei er drei Monate in Mallorca gewesen. Ein ledergegerbtes Faltengesicht. Hände, Finger, Hals und Ohren waren dagegen papieren weiß. Und rhythmisch zischte er unter seinem Mantelkragen: »Jetzt kriegen wir euch! Macht sie fertig!« Als sei unter dem Kragen ein Mikrofon. Als sei er verkabelt, mit den diversesten Geheimdiensten und Vollmachten. »Macht sie kalt!« Sein Zischen machte mir Gänsehaut. Aber ich durfte wirklich gehen. Ich war frei.

Ich ging die Straße zum Hotel zurück und buchte genau das gleiche Zimmer. Glücklichweise saß wieder ein neuer Portier am Empfang.

»Wo sind die Treppen?« fragte ich.

Der Mann sah mir erstaunt entgegen.

»Ich fahre nicht im Aufzug«, sagte ich, »ich möchte nicht, daß . . .«

»Kein Problem«, unterbrach er mich diensteifrig, »wir sind inzwischen auf solche Fälle vorbereitet . . .«

Dann ging ich langsam durch das Treppenhaus bis in den dritten Stock und zündete in jedem Stockwerk ein Feuerwerk.

Anschließend ließ ich mich im Zimmer rückwärts in die Bettkuhle fallen und horchte herum. Es gab keine Geräusche. Ich ging zum Fenster und lauerte auf die Straße. Kurz hatte ich das Gefühl, als ob ich unten den Kartenbetrüger aus der Bank entlanggehen sehe. So, als ob er mich suche. Um mit mir zu reden. Um mich zu irgendwas zu überreden. Aber das war natürlich Blödsinn. Ich dachte an Carolin.

Wahrscheinlich war sie zum Flughafen getürmt.

Dann tröpfelte es draußen, und die wenigen Menschen rannten wie besinnungslos durcheinander. Ich begann geradezu zwanghaft, mich darauf zu fixieren, wie alle die Schuhe beim Gehen kleine Wassertropfen von der Ferse hinten nach oben warfen. Unregelmäßig. Ich glotzte nur noch auf den Boden. Dabei dachte ich an eine Seerosen-Geschichte, die mich als kleiner Junge fasziniert hatte. Ich war mit meiner Mutter durch einen öffentlichen Park spaziert, an einem öffentlichen Teich vorbei, und zum ersten Mal hatte ich dort Seerosen gesehen. Grüne

Pflanzen auf dem Wasser, mit roten Zackenkronenköpfen. Seerosen brauchen einen Tag, um sich zu teilen. Ich wußte immer noch nicht, ob das stimmt. Aber ich hörte meine Mutter. Seerosen brauchen einen Tag, um sich zu teilen. Manchmal wußte sie solche Dinge. An diesem Teich dauerte es angeblich zwei Jahre, bis die Hälfte des Teiches mit Seerosen bedeckt war – aber dann nur noch einen einzigen Tag und der gesamte See erstickte tödlich. Logischerweise. Dieser *eine* Tag hatte mich damals augenblicklich von innen aufgeheizt. Diese Logik. Zwei Jahre lang Schweigen. Bevor es folgerichtig explodierte. Tödlich.

Ich setzte mich wieder auf das Bett und suchte eine neue Kombination für meine Schatulle. *Wir sind im Recht – wir werden besiegen.* Auch diese Kombination war natürlich falsch.

Dann klingelte das Bett-Telefon. Ich riß hektisch den Hörer ans Ohr und schrie beinahe meinen Namen in die Muschel. *Carolin...*

Es war aber der automatische Weckdienst,

von meinem Vorgänger beauftragt und anscheinend nicht gelöscht worden. *Sie wollten geweckt werden.*

Hallo, antwortete ich leise und ließ die Bandstimme einfach auf dem Kissen weitersprechen. Vielleicht könnte ich so einschlafen.

Der Tag, an dem ich die schönste Frau der Welt treffen wollte

Drüben sitzt ein dickes Kind auf einer Bushaltestellenbank und langweilt sich. Und schmollt. Es nieselt. Ich beobachte es heimlich durch mein Wohnzimmerfenster.

Die Eltern haben dem dicken Kind nämlich eine monströse weiße Sonnenbrille übergezogen, weil sie das anscheinend witzig finden. Obwohl es nieselt. Das Kind sitzt nun also da, mit dieser weißen Sonnenbrille. Auf einer gelben Plastikhaltestellenbank sitzt es still und bewegungslos, wibbelt nicht einmal mit seinen Waden in diesem Stopstellenunterstand. Mit seinem schwarzen bedruckten T-Shirt, rosa Schleifenschühchen und mit dieser überdimensionierten Sonnenbrille sieht es absolut armselig aus. Es sieht bescheuert aus, und das dicke Kind weiß um die eigene Bescheuertheit und wird es noch in zwanzig Jahren wissen. Noch in dreißig Jahren wird es sich genau an diesen einen Moment erinnern.

Deshalb freue ich mich natürlich, daß ich heute die schönste Frau der Welt treffen werde. Obwohl es nieselt. Ich bin ein wenig aufgeregt.

Ich drehe mich weg von dem Kind, obwohl ich das Gefühl habe, daß es damit endgültig alleine sein wird, und mache mich auf den Weg zum Messegelände. Unten im Hausflur sehe ich noch schnell in den Briefkasten. In diesem Altbau gibt es noch altmodische Holzbriefkästen mit einer breiten Glasfront. Der Briefträger hat noch nicht geklingelt, aber ein Pizzabote hat schon in jedes Fach weiße Werbezettel eingeworfen. Es ist das erste Mal, daß alle Fächer gleichzeitig besetzt sind. Mit weißen Zetteln. Ich nehme mein Pizzablatt heraus und unterbreche damit die Linie. Jetzt läßt sich beobachten, zu welcher Zeit morgens die Nachbarn aus dem Haus gehen, denke ich. Ich halte das Blatt in den Händen und schmeiße es dann wieder hinein. Irgendwie habe ich diese überflüssige Hoffnung, daß auch alle anderen ihre weißen Zettel im Briefkasten lassen. Ich weiß auch nicht, warum.

Ansonsten denke ich viel lieber darüber nach, daß Linda Evangelista wahrscheinlich die einzige Schönheit ist, die sowohl von Männern als auch von Frauen verehrt wird. Das ist selten. Linda Evangelista hat so ein Gesicht, das mich schon seit Jahren verfolgt. Manchmal kaufe ich mir eine Frauenzeitschrift, weil sie vorne vom Titel schaut, und jedes Mal suche ich eine androgyne Antwort in ihrem Gesicht.

Wenn sie gleich in Köln auftritt, werde ich sie nach ihren Gedanken fragen, und ich werde mich trauen, auch wenn es lächerlich ist. Aber ich möchte wirklich, daß sie einen Satz mit mir spricht.

Auf der gegenüberliegenden Straßenseite fährt dann endlich ein Linienbus vorbei, und das dicke Kind ist schlapp an die Hand seiner Mutter gekettet. Es trägt noch immer diese jämmerliche Sonnenbrille. Jeden Tag drehen die Linienbusse hier ihre Runden, aber dieser Bus ist wirklich ungewöhnlich stark verdreckt, durch den Regen, die Pfützen, den Schlamm, und innen drin ist er hell erleuchtet, weil es draußen so düster ist. Ein Mann steht in der Mitte des Busses, mit dem Rücken ans Fenster gelehnt, beide Arme leicht abgewinkelt, am Haltegriff, und durch die verdreckten Scheiben und das gleißende Neonlicht sieht er tatsächlich schemenhaft aus, wie ein großer schwarzer Todesengel. Im Scherenschnitt.

Der Bus wiederum bremst abrupt, weil ein ortsunkundiger Autofahrer davor sich verfahren hat und umständlich rangiert. Durch die großen Busfenster hindurch sehe ich auf der anderen Seite eine Oma in ihrer Souterrainwohnung. Sie steht in ihrem geöffneten Fenster und winkt einem Kinderwagenenkel auf meiner Seite zu. Sie geht davon aus, daß der Bus zügig weiterfährt, also winkt sie freudig, mit erhobenem Arm, aber der Bus bleibt stehen und die Leute auf den Sitzen betrachten die Oma schweigend, unten in ihrer muffigen Souterrainwohnung, mit ihrem grünen Sofa im Hintergrund. Wir alle betrachten sie schweigend, mit ihrem freudigen Arm. Sie verharrt einige Sekunden unschlüssig, dann schließt sie das Fenster. Sie schämt sich.

Glücklicherweise hört es wenigstens auf zu nieseln. Ich gehe einige Meter weiter bis zur Straßenbahn und steige in die »3« zur Messe, schaue unaufhörlich aus dem Fenster und gerate dabei in die zerkratzte Struktur eines Scheibenmusters. Jemand hat mit seinem Schlüsselbund oder einem Messer eine unsaubere »8« in das Glas geritzt. Als die Bahn sich von den ersten neuen Sonnenfunken abwendet und in den Schatten wie in einen Tunnel hinuntergleitet, drehen sich die verbliebenen Lampen und Geschäftslichter auf der zerkratzten Fensteroberfläche, wie auf einer Rennbahn, immer um die »8« herum.

Und Linda Evangelista schminkt sich wahrscheinlich gerade. Linda Evangelista fährt nicht Straßenbahn. Ich spüre sie, zumindest bilde ich mir so etwas ein, was ich gerne tue, mir etwas einbilden, und schreite anschließend auf die Hauptfront der Kölner

Messe zu. Ich denke über meine Reise nach New York nach, die ich schon seit Monaten vorbereitet habe, und dann steht da eine alte Frau vor dem »Express«-Kasten und hält sprachlos ihre runzlige Hand vor den Mund. *Rentner müssen mehr zahlen* steht da als Schlagzeile. Die Frau ist zu Tode erschrocken, aber niemand sonst achtet auf die Rentnerin. Ich werde bald nach New York fahren, denke ich.

Es ist eine Fach-Messe für Sport- und Gartenartikel. Aber inmitten von Taucherbrillen, Plastikkrokodilen und Gartenplanschbecken soll es eben eine Erscheinung geben. Einen Event. *You don't have to be a model to look good and feel great.* Das hämmert rhythmisch von einer Videowand in die Messegänge hinein, und es ist nett, daß Model-Sein also nicht irgendwie ein simpler Beruf ist, sondern eine esoterische Auswahlkategorie. Ich stehe herum und gähne.

Ich stehe bestimmt eine halbe Stunde so herum, denke an die alte Frau, ob sie wohl immer noch vor dem Express-Kasten steht und erschrickt, aber plötzlich – verdeckt, beschirmt von Kameras, von Scheinwerfern bestrahlt und dadurch hell – steht tatsächlich Linda Evangelista zwischen den Plastikkrokodilen, und Linda lächelt. Sie kommt unter die Menschen und begrüßt ihre Verehrer, und wahrer Ruhm manifestiert sich eben darin, daß sich geordnete Körperschneisen bilden, in deren Talsohle beblitzt und beleuchtet das Küssen zeitlupenartig zerstückelt wird. Linda küßt freundlich. In die Luft. Und wahrer Legendenruhm zeigt sich in der unbedingten Richtigkeit dieser Freundlichkeit: Linda wirkt immer dann um so natürlicher, je aufdringlicher sie fotografiert und gefilmt wird. Und Linda wird ununterbrochen gefilmt und fotografiert. Linda ist da und küßt freundlich Menschen, und sie kann wie alle Legenden kameraneutral küssen, und dann wieder auch unberechenbar, weil sie Menschen küßt, die sonst nicht beblitzt werden.

Die Lichtschneise, die sie mit sich führt, teilt in ihrer walzenden Radikalität Zugehörige und Fremde. Körperlos. Linda ist niemals böse. Sie schwebt einfach als Videoclip durch die ganze Halle hindurch. Sie kann sich auch selber einfrieren. Dann steht sie einfach da, wie auf dem Oberdeck eines Schiffes, und hält beide Arme in die Höhe. Der Werbeprospekt mit ihrem Gesicht auf dem Titelbild ist besser zu sehen, also erstarrt sie für die Fotografen, aber es wirkt auch diesmal nicht *falsch*. Sie kann sich nicht mehr falsch bewegen. Also stieren wir mit aller Brutalität in ihr Gesicht hinein. Dieses Gesicht hat sie schließlich berühmt gemacht, und sie plaziert es vor uns hin und dreht es millimeterweise umher. Linda kann das. Sie schämt sich nicht und atmet nicht und scheint diesen Schädel über ihr wirklich nicht mehr zu spüren. Während eine eigene Messekamera Lifebilder von dieser augenblicklichen Situation in die Videowand mit den Mode-Clips zusammenschneidet, welche wiederum von den Fernsehkameras begierig aufgezeichnet wird, so daß die sogenannte Realität wie ein 3-D-Video wirkt. Während Evangelista dort oben eine Hand hebt. Sie darf nicht schwitzen. Wir blitzen ihr frontal in die Augen, aber sie verzieht keine Miene. Endlich vollbringt sie das, weshalb wir hier alle auf dem Berg zusammengekommen sind: Sie steigt tatsächlich auf ein Fahrrad. Die Evangelista bewegt ihren Körper vor und zurück. Auf einem Fahrrad! In Köln! Die Kameralinsen folgen. Sie darf nicht schwitzen. Ganz langsam mischt sie sich noch einmal unter uns Menschen, und die Blitz-Traube folgt ihr. Die Scheinwerfer beleuchten ihre dünnen Beine. Sie darf nicht schwitzen. Linda lächelt dabei gönnerhaft und schaut allen Menschen in die Augen. Sie kann unglaublich gut zuhören. Sie beherrscht es, nicht anwesend zu sein, und man mag die Faszination führender Top-Models für buddhistische Weisheiten verstehen. Linda ruht in einer Zwischenwelt und spult ihre freundlichen Antworten ab. Und sie hat die Milde einer Herrscherin. Sie hat tatsächlich einen Hometrainer bestiegen! Dann betrachtet sie sich kurz selber auf der Videowand, in der sie mit diesem Kopf zu sehen ist und sich selbst ankündigt, und verschwindet. Und plötzlich ist sie weg. Ich stehe da. Wir bleiben alle einsam zurück.

Sie ist wirklich unglaublich schön.

Ich stehe noch zehn Minuten so herum.

Dann gehe ich wieder in die andere Richtung, und vor dem Messegelände läuft tatsächlich immer noch die alte »Express«-Frau herum. Irgendwie scheint sie einen eigenen Stadtplan für ihre mühseligen Einkäufe angefertigt zu haben. Wesentlich dabei sind die Verteilerkästen, die in unterschiedlicher Höhe am Bürgersteig stehen. In unregelmäßigen Abständen stellt sie ihre Taschen auf einem Verteilerkasten ab und wendet den Straßen ihren Rücken zu. Dabei beugt sie sich ganz nah an die Häuserwand, schneuzt sich scheinbar die Nase, redet aber dabei. Und sie wippt wie betende Juden vor deren Heiliger Mauer.

Glücklicherweise bemerkt sie nicht, daß ich sie beobachte. Wahrscheinlich würde sie sich sogar ängstigen.

In der Bahn sitzen auf dem Rückweg noch überraschend viele Rentner, die wahrscheinlich hinter der Messe, in der Sporthalle, gemeinsam auf einer Veranstaltung gewesen sind. Einige Alte steigen an der nächsten

Haltestelle aus, und dadurch entsteht plötzlich hektische Geschäftigkeit und wildes Geklopfe am Fenster. Als sei etwas Schlimmes passiert. Aber es ist so, daß eine Freundin vergessen hat, einer anderen Freundin in der Bahn zu winken. *Panik.* Die Angewinkte, die angestupst wird, steht plötzlich im Mittelpunkt, und alle sehen sie an und warten. Äußerlich scheint die alte Frau unbewegt, aber ihre Finger zittern. Alle Leute glotzen. Sie hält eine Rose in Cellophanpapier auf dem Schoß, und weil ihre Finger zittern, raschelt das Papier wie ein Trommelwirbel.

Dabei denke ich natürlich zurück an Linda Evangelista, und ich muß mir immer wieder sagen, daß sie wirklich eine sehr, sehr schöne Frau ist. Linda Evangelista wird niemals Straßenbahn fahren und auf Rosen in durchsichtigem Cellophanpapier trommeln. Ganz bestimmt nicht. Eines Tages werde ich sie wiedersehen. Ganz bestimmt. Ich weiß es ganz sicher, denke ich, irgendwann wird sie dann sogar einen Satz zu mir sprechen. Von oben. Nur einen einzigen Satz.

Und meine Seele wird gesunden.

Wolfsmensch

Heute werde ich zum ersten Mal einbrechen. Laut Kalender ist der erste Frühlingstag heute, aber es regnet natürlich. Auch an diesem besonderen Tag. Also trage ich vorerst keine Kontaktlinsen. Wenn es regnet, brauche ich sowieso keine Augen. Ich schaue hinaus, aus meinem Bettfenster, hinunter in die Diesigkeit, und freue mich schon über das erleuchtete Wohnzimmer auf der anderen Straßenseite. Alle anderen Nachbarn arbeiten und sind verschwunden, und es ist still und einsam in meiner kleinen Wohnung, also freue ich mich über diese Wohnzimmerkomplizen. Drüben brennt helles Licht, und ich betrachte aufmerksam die Zimmereinrichtung. Sehr edel, spärlich eingerichtet, aber diese runde Uhr verstehe ich nicht. Ich verstehe auch die Menschen in dem Wohnzimmer nicht. Drei Menschen bewegen sich dort innen irgendwie *falsch* und verdreht, und das macht mir angst. Auch diese Zimmeruhr tickt so unsinnig, daß es mich ganz nervös macht. Dann sehe ich, daß es gar nicht die Wohnung ist, in die ich hineinstarre. Das komplette Wohnzimmer ist nämlich dunkel. Aber der Friseurladen, unten, auf meiner Seite, hat wegen des diesigen Wetters alle Lampen angeschaltet und spiegelt sich dadurch gegenüber auf der dunklen Fensterscheibe.

Ich bin wahrscheinlich kein guter Einbrecher. Ich vertrage morgens keine Kontaktlinsen und laufe mit 3,5 Dioptrien durch den Beton, und kein professioneller Einbrecher würde so etwas versuchen. Regelmäßig bricht dann natürlich irgendwie die Welt auseinander.

Ich gehe also blind zur Straßenbahn, um mich mit Speedy zu treffen, um mit ihm einzubrechen, und wieder irritiert mich etwas im linken Blickfeld. Die Welt links bricht nämlich auseinander, wie bei einem schweigenden Erdbeben. Ohne Staub und Geröll. Die Welt links kippt und klappt rücklings.

Und ich schwitze. Dann aber sehe ich, daß nur ein ziemlich großes Wohnzimmerfenster zurückgeschoben wird. Im Wohnzimmerfenster hatten sich Park und Horizont reibungsfrei gespiegelt und das Klappgeräusch unterstrich diese Verbindung noch.

Ich bin erleichtert. Natürlich werde ich Speedy keinen Ton davon erzählen. Er würde es nicht verstehen. Speedy ist zwar erst siebzehn, aber viel ruhiger als ich. Daher verschweige ich ihm auch jedesmal, daß ich zehn Jahre älter bin. Weil es mir so peinlich ist. Ich muß doch überlegen sein, denke ich, in meinem Alter, wo andere schon Familie und Scheidung hinter sich haben. Deshalb sage ich ihm auch immer, ich sei gerade mal zweiundzwanzig, was noch vertretbar ist, und er antwortet daraufhin niemals, daß ich älter aussehe. Ich sehe anscheinend exakt wie zweiundzwanzig aus.

Speedy wird mit siebenundzwanzig wie siebenunddreißig aussehen. Ich neide ihm das.

Heute ist der erste Frühlingstag, und obwohl es diesig ist und obwohl es nieselt, freut es mich plötzlich, daß es Frühling wird. Weil ich an den blauen Himmel denken muß, der bestimmt auch in dieser Gegend mal zu sehen sein wird, und damit auch wieder Frauen und Biergärten und Gespräche, und ich gehe die schmale Straße hinab und denke an den Sommer, und vor mir latscht ein Rentner, der eine erdlochfaulige Zigarre raucht und ausatmet, und ich latsche gnadenlos mitten in eine seiner Rauchwolken hinein.

Ich hasse Rentner!

Und er lächelt auch noch. Wenigstens übersieht er dadurch, daß sich zwei Ratten hinter seinen grauen Schuhen balgen. Bevor sie wieder davonstieben. Also grinse ich nett zurück. Nach unten. Und staune noch zweimal über diese quirlige Unscheinbarkeit, mit der sich die kleinen Ratten durch unsichtbare Mauerlöcher drehen. Schnell wie ein Windstoß, auch so leise und leicht. Und Wind ist ein Rattenfreund, denke ich. Ratten wittern die akustische Unterstützung, huschen heraus, ins Blattwerk, und zischen wieder zurück. Aber wir sehen uns. Ich bin der einzige Humanoid auf diesem diesigen Weg, der sämtliche Ratten in den Büschen und Hecken wahrnimmt, und sie wissen das. Sie nicken mir zu. Sie respektieren anscheinend Menschen, die ihre Übungsgeschwindigkeiten abschätzen können.

In Marienburg gibt es sicher keine Ratten, denke ich. Angeblich leben Ratten ja überall, in jedem Viertel, aber ich möchte wetten, daß sie in diesem noblen Ghetto nur touristisch interessiert spazierengehen. Es ist auch wirklich schön dort, in Marienburg. Im Krieg beinahe unbeschädigt, reihen sich hier die Gründerzeitvillen aus den ersten Jahrzehnten dieses Jahrhunderts aneinander. Eindrucksvoll. An einem großen Park gelegen, durch idyllische Kopfsteinpflasteralleen verbunden. Hier hat auch Altbundespräsident Scheel mal in einer Seitenstraße residiert und Tina Turner, und sonst noch so Nasen.

Und hier lebt auch Speedy. Manchmal. Unregelmäßig. Ohne Namensschild und ohne Briefkasten. Speedy hat kein Geld, aber er hat zugegebenermaßen Geschmack. Ohne zu arbeiten.

»Na endlich!« sagt er zur Begrüßung. Er haßt es, zu warten und kommt immer zehn Minuten zu früh. Also muß er immer warten, und er haßt es zu warten. Und dann schimpft er wieder. Wie immer. Er trägt auch wieder seinen dicken, braunen Wildledermantel mit den wulstigen schwarzen Ellbogenflicken. Weil der Mantel einen breiten Kragen hat, ist er natürlich modern. Die Hosentaschen hinten hängen ihm fast bis auf den Oberschenkel, und ich bin sicher, daß ihm dadurch bald die ganze Hose über die Backen rutscht, aber Speedy bewegt sich so sicher, daß sich derartige Gedanken verbieten.

»Na endlich…«, grummelt er ein zweites Mal.

Er hat eine Macke, die mich manchmal irritiert: er klimpert wie in Zeitlupe mit seinen Augenlidern. Dadurch wirkt es auch so, als ob sie länger am Auge festkleben. Es wirkt fast schon arrogant. Vor allem in Kombination mit dem synkopischen Sprechen.

Über der rechten Augenbraue hat er noch eine feine Narbe. Und irgendwie wirkt er genetisch ungewaschen. Er schiebt verstohlen seine Rechte in die gefütterte Jacke, als ob es ihn friert, nur in dieser einen Hand, eisigkalt, und dann führt er sie plötzlich schnell zum Mund. Dann kaut er heimlich. Mehrmals. Er ißt heimlich Chips und Schokolade. Natürlich fällt es auf, weil er viel zu heimlich tut, aber er begründet es auch nicht. Er gibt genausowenig niemals ab. Er ist wirklich manchmal merkwürdig.

»Bereit?« fragt er, und ich schaue wie immer irritiert, weil er wie immer so düster schaut. Taktisch düster.

»Ich habe so was noch nie getan«, sage ich.

»*Was* hast du noch nie getan? Kochen, Schallplatten hören, ein bißchen unterhalten ...?«

Ich weiß gar nicht, woher Speedy seinen Spitznamen hat, fällt mir ein, aber wir alle kennen ihn nur so und fragen gar nicht mehr nach irgendwelchen *Familiennamen*.

»Also, ready«, sagt er und bewegt sich mit forschem Schritt auf eine ebensolche Jugendstilvilla zu, die er von seinen Schnorrerhonoraren mit Sicherheit nicht unterhalten können wird. Zweistöckig, romantisch pflanzenreich umwuchert. Es ist schon merkwürdig, daß es möglich sein soll, unentdeckt in einem solchen Haus zu leben. Ohne daß es dem Hausbesitzer auffällt, den Nachbarn, wenn er dort wirklich kocht und sich aufhält, wie er vorgibt. Speedy lächelt. Taktisch. Seine gute Lächellaune verschwindet erst wieder in dem Moment, als ihm ein eiskalter Wassertropfen auf die Stirn klatscht. Mittendrauf. *Realistisch.* Zwei Schritte weiter einer im Kragen. Aber Speedy grinst weiter. Taktisch. Auch dann noch, als uns ein Ehepaar aus dem Nebenhaus gemächlich entgegenschlendert und Speedy dabei interessiert mustert. Seine eingeschnittenen Augenbrauen, die scharfen Kanten an Nase und Stirn, seine ungepflegten Schuhe. Er mustert zurück. Und er lächelt unaufhörlich.

»Nicht umdrehen!«

Das gilt mir. Aus den Mundwinkeln. Ich bin immer noch nicht unauffällig genug.

»Das ist wichtig, daß du geradeaus nach vorne schaust. Nur Verbrecher drehen sich um und machen dadurch auf sich aufmerksam. Wir sind aber keine Verbrecher, wir sind liebe Nachbarn ...«

Ich bemühe mich. Aber seine Sündenlosigkeit will mir nicht gelingen. Mir fehlt natürlich auch seine Erfahrung, er lebt jetzt seit nahezu elf Monaten nahezu ausschließlich in fremden Häusern und Eigentumswohnungen. Wechselnd. Unauffällig. Tagsüber, wenn die wirklichen Hausbesitzer zur Arbeit verschwunden sind, oder am Wochenende, rund um die Uhr, wenn sie ausspannen. Unbemerkt. Problemlos.

»Und niemals fortlaufen!« flüstert er. »In den Häusern, wo ich bin, bleibt immer ein gewisses Restrisiko, daß überraschend doch jemand zu Hause ist. Das höre ich sofort, wenn ich die Tür öffne, das kann man sogar riechen – aber auch dann gilt: Niemals fortlaufen! Keinen Krach machen! Denn der Lärm macht erst das Verbrechen. Wir sind aber keine Verbrecher, man kann uns nichts nachweisen, überhaupt nichts, wir spazieren nur ...«

Durch einen kleinen Vorgarten, drei Stufen hoch. Wir stehen vor einer Haustür.

Auf dem Bürgersteig stehen drei Frauen, aus drei Generationen, mit einem kleinen Enkelmädchen aus der vierten. Plötzlich spieksen sie sich nacheinander alle unter die Schuhe. Drei Frauen aus drei Generationen. In Röcken, Jeans und Faltenrock. Angeblich ist eine von ihnen in Hundescheiße getreten, wie es hier alle zehn Meter passieren kann, irgendwo, und sie suchen nun gründlich. Zwei Durchgänge lang stützen sie sich nacheinander mit den Händen an die Wand, als sei es eine staatliche Aktion, und die jeweils Unbelasteten begutachten die kritischen Schuhe.

»Kennen die Menschen sich hier nicht alle?« frage ich, aber Speedy wuschelt sich nur durch die Haare.

»Rituale sind wichtiger«, sagte er sybillinisch, »nicht die Menschen.«

»Nachdem Heike mich verlassen hatte, hatte ich auch verschiedene Rituale«, erinnere ich mich. »Jeden Tag, zur selben Zeit habe ich entweder Sport gemacht oder einen Sprachkurs besucht oder bin mit Freunden ins Kino gegangen. Jeden Dienstag habe ich Badminton gespielt. Aber einmal, nach Monaten, habe ich da meinen Rucksack vergessen. Ich war schon zu Hause, und bin sofort mit einem Taxi zurückgerast, in das Sportcenter, und kam eine Stunde, nachdem ich gegangen war, zurück. Mein Rucksack stand zwar noch in dem Blechschrank, wo man die Sachen einschloß. Im allgemeinen Umziehtrubel hatten die Nachfolger gedacht, der Besitzer des Rucksacks sei noch unter der Dusche. Aber für mich stand der Rucksack jetzt irgendwie präsenter, dicker, fetter im Raum als alle anderen Gegenstände. Und gleichzeitig paßte er da nicht hin. Um diese Zeit, in dieser Haltung, in der Aufregung... Der Rucksack war zeitlich verschoben...«

Speedy zieht die Schlüssel aus der Hosentasche, die er seinem Vater während dessen Tätigkeit als Haushüter entnommen und kopiert hat, und öffnet damit behutsam die beiden Sicherheitsschlösser oben und unten. Er nickt mir zu. Anscheinend habe ich etwas Richtiges erkannt, durch meinen Rucksack. Dann lauscht er nach innen, nach außen, dreht langsam weiter, aber unauffällig, geräuschlos, wie selbstverständlich. Und drückt die Haustüre nach innen auf. Unvorstellbar. Es bleibt alles still. Mir läuft der Schweiß aus den Achseln bis in die Hose hinein, unglaublich, so einfach geht das. So einfach öffnet man verwaiste Häuser.

Ich brauche nur hineinzugehen.

»Die Küche ist links . . .«

Ich soll mich aber anders bewegen, sagt er. Auf meine Schuhe soll ich achten, auf die Abdrücke, und ob ich vielleicht Schlammreste unter den Sohlen trage oder ob die Sohlen Streifen auf dem polierten Parkettboden hinterlassen.

»Vorsicht!«

Er selber zieht die Schuhe aus. Besorgt. Er rutscht auf Strümpfen herum, und es ist mir unangenehm zu sehen, daß seine Strümpfe jeweils an den Zehen und Fersen löchrig sind. »Konzentration und Bewußtsein«, ermahnt er mich bei jedem meiner Schritte, und es ist beinahe wie die Anleitung in einem japanischen Zen-Kloster. Nebst Stille. Ohne Gong.

Die Einrichtung des Hauses dagegen ist europäisch. Lichtdurchflutet. Speedy scherzt:

»Keine Aufregung, es kann nichts passieren – du bist doch bloß ein Geist...«

Ich denke an meine Nachbarn, zu Hause, neben meiner Wohnung, die auch wie Geister sind. Zwischen uns sind meterdicke Mauern. Aber manchmal höre ich klassische Musik von drüben, von meinen Nachbarn, viel zu laut. Und dann öffnet der Hall tatsächlich die Mauern. Plötzlich bekommt das Zimmer drüben Konturen und es läßt sich anhand der Musik in Gedanken abwandern.

Als ich Speedy davon erzähle, nickt er zum zweiten Mal.

Anscheinend bin ich doch nicht ganz so blöd. Und deshalb soll ich meine menschlichen Bedürfnisse nicht einfach so ablegen, sagt er, aber vorher müsse ich erst einmal lernen, nicht vorhanden zu sein. Das klingt kompliziert. Er will es mir demonstrieren, freut er sich, während er schon in einem Küchenschrank nach Töpfen sucht.

»Das Messer hier in meiner Hand... lag das vorher auf dem Küchentisch oder vielleicht vor dem Brotkasten, oder irgendwo anders?«

Ich weiß es nicht. Ich drehe mich vorsichtig, als wecke eine unvorsichtige Bewegung meinerseits nun Nachbarn, Polizei und Scheinwerfer, betrachte die Kücheneinrichtung und versuche mich inmitten der Gewürzdosenunordnung an ein Messer zu erinnern. Weil es eine gewisse Wichtigkeit zu haben scheint.

»Es lag auf dem Brotkasten«, sagt er.

Er beobachtet mich dabei. Weil das Messer vollkommen zweitrangig ist und kein Mensch wissen kann, wo er seine Küchenmesser hinlege – deshalb müsse ich als erstes unterscheiden lernen, ob die Dinge von dem wirklichen Hausbesitzer aus Unachtsamkeit zur Seite gelegt wurden oder ob es Dinge sind, die eine unsichtbare Bedeutung, einen inneren Platz haben. Jeder Mensch besitzt solche Dinge, die erst dadurch auffällig werden, daß sie nicht mehr an ihrem vertrauten Platz sind. In fremden Häusern sind es zuerst immer die Zimmertüren, die Beachtung finden müßten, Zentimeterarbeit, nachzudenken, einzuprägen, ob sie nun anfangs offen standen oder nur leicht angelehnt waren. Wenn angelehnt: in welchem Winkel? Die Türen eines Hauses sind Ausdruck des Zugehörigkeitsgefühls eines Hausbesitzers für sein Eigentum. Geschlossene Zimmer, in denen er sich nur mit äußerster Vorsicht bewegt – weit offenstehende Türen, die auf eine weitergehende Nachlässigkeit des Besitzers schließen lassen. Speedy referiert das trocken, humorlos, mit beinahe wissenschaftlicher Akribie. Und er sieht mir dabei unentwegt in die Augen. Während ich unschlüssig in dieser fremden Küche herumtapse.

»Am besten ist, du zeichnest einen Plan... Wenn du keine Polaroid dabeihast...«

Das hat er bei seinen ersten Hauseinstiegen auch schon so gemacht und trainiert das Auge, das Entziffern einer Küchenlandschaft. Also teile ich die Küche krakelig in Bereiche, in Quadrate ein, wie vorgeschrieben, und notiere gewissenhaft das Inventar, die Unordnung, jeden Krümel. Spüle, Küchentisch, Schränke. Geometrien soll ich erkennen, eine eigene Zuordnung und Sprache des Alltags. Spülrestsprache. Dabei ist es nicht so wichtig, exakt zu vermerken, ob eine Gabel auf einer Fensterbank mit dem Stiel nach Norden zeigt, es ist sogar *überflüssig*, entscheidend ist aber: auf dem Küchentisch ist Unordnung. Drei Haufen. Und die ungefähre Zusammenstellung der Haufen, den Aufbau, den muß ich mir schon merken. Das habe auch jeder Hausbesitzer ungefähr so im Kopf gespeichert.

»Denn wenn wir kochen oder fernsehen oder auch sonst, da müssen wir schon mal etwas hier verrücken und da benutzen und das liegt dann später alles ganz anders, als es vorher gelegen hat. Das fällt auf...«

Er findet das nicht lustig. Er fühlt sich hier verantwortlich. Und kontrolliert dabei die Blätter einer großen Topfpflanze, die mal wieder gegossen werden müßte, nur ein wenig, damit es nicht zu sehr auffällt, und macht sich das für den Nachmittag zur Aufgabe, nach dem Essen, ebenso das Abstauben einiger Bilderrahmen neben dem Bücherregal.

Dann telefoniert er herum. Freunde, keine auffälligen Nummern im Ausland. Vielleicht ist es mehr Besitznahme. Und jedesmal löscht er nach dem Gespräch die Nummern in der Wiederholungstaste.

»Was machst du eigentlich, wenn der Besitzer überraschend nach Hause kommt? Ich meine, weil der sich vielleicht einfach nur unwohl fühlt oder Gäste hat?«

»Ich habe den Schlüssel von innen an der Haustür stecken lassen.« Er antwortet ruhig und nachdenklich. Und knabbert dabei behutsam Erdnüsse von einem Glasteller, um nicht zu krümeln. »Das gibt mir viel Zeit... Natürlich ist das merkwürdig und auffällig, und damit auch das letzte Mal, daß ich in dieses Haus eindringen kann – aber im ersten Moment denkt kein Hausbesitzer an einen Einbruch, wenn sein Hausschlüssel nicht ins Schloß paßt. Und das ist entscheidend. Auch im zweiten Moment nicht. Er wird sich selbst die Schuld geben, der Hausbesitzer, sich selbst einen Hornochsen schimpfen, und dann den Schlüsseldienst rufen... Und bis dahin bin ich schon lange unauffällig aus dem Fenster geklettert... Wird aber nicht passieren...«

Er will nicht daran glauben. Er schüttelt den Kopf und schält eine Kiwi. Weil die Deutschen auch in ihrer Abwesenheit gewissenhaft seien. Und er kennt schließlich ihre Lebensweise. Sein Vater war zweieinhalb Jahre lang Haushüter. Lange genug hat Speedy deshalb vorher ganz legal in diesen Häusern gelebt, in den Sommerferien, manchmal über Weihnachten, hat er vor der Reise oder gleich anschließend mit den Besitzern gesprochen, geschwatzt, und durch scheinbar beiläufige Fragen weitreichende Einblicke in deren Alltag gewonnen. In dieser Zeit, schon gleich zu Anfang, hat er seinem Vater für einige Stunden die Schlüssel abgenommen und sie nachmachen lassen. Von allen Häusern, in denen sein Vater gearbeitet hat, auch von denen, in denen es zu heikel wäre, alltags einzusteigen. Weil es da noch ein Familienleben gibt, mit Kindern und Großeltern, Frühaufstehern und Langschläfern. Speedy ist spezialisiert auf alleinstehende Männer. Geschäftsleute, Ärzte und Freiberufler, Vertreter, die am Wochenende in der Eifel oder an der See ausspannen, und die auch werktags erst spät ins Bett fallen. »Es gibt drei Häuser hier in Köln, in denen ich weitgehend ungefährdet bin. Und wo man die Abende genießen kann …«

»Genießen ist wichtig«, sage ich.

»Am Anfang ist es einfach nur Mut gewesen … Neugierde, Dreistheit … Die Schlüssel zu kopieren … Und dann habe ich mich nicht mehr getraut, meinem Vater die Wahrheit zu erzählen … Der würde es nicht verstehen. Kann er auch nicht.«

Sein Vater kennt die Vorurteile, die man gegenüber Haushütern hat. »Der geht kaputt, wenn er rausbekommt, daß ausgerechnet sein Sohn so einen Mist baut.«

Sein Vater glaubt immer noch, daß Speedy nur viel unterwegs ist. Und beliebt. Viele Partys, Mädchen, Alkohol. Der Junge wird schon wieder zur Vernunft kommen. Dabei feiert der Junge gar nicht.

»Ich habe eigentlich nie viel mit meinem Vater gesprochen …« Speedy feiert selten etwas. Und dann meist alleine. Speedy hat nur wenige Freunde.

»Hast du nie mal dran gedacht, was mitzunehmen? Ich meine, hier liegt alles so rum und...«

»Hey! Ich bin kein Einbrecher!«

Niemals. Schimpft. *Ich bin kein Einbrecher!* Möchte halt nur ein wenig im Luxus leben, und anders, mit Abenteuer, und die Zeit irgendwie rumkriegen, aber dafür hält er schließlich auch das Haus in Ordnung, staubsaugt, wischt, putzt, und manchmal repariert er sogar Kleinigkeiten, ohne daß es auffällt. Er will sich in keinster Weise irgendwie schuldig fühlen. »Ich bin kein Verbrecher!«

»Mir ist das doch egal«, sage ich.

»Nudeln sind kein Diebstahl!«

»Mir ist das egal...«

Dann stellt er Gewürze, Schüsseln und Teller bereit, legt Servietten auf den Küchentisch und zündet sogar noch eine Kerze an.

»Ich nehme die letzte Bolognese-Packung, wie du siehst, und nicht eine von den vielen Ravioli-Dosen... Wahrscheinlich sind die Dosen nämlich abgezählt. Eine einzelne Packung dagegen ist unauffällig. Die kann immer mal gegessen worden sein...«

Menschen sind Dosenzählwesen. Berechenbar wie ein Fernsehprogramm. Fremd wie ein Fernsehkommissar.

»Glaubst du mir nicht?«

»Das ist doch nicht wichtig, was ich denke.«

»Ich bin noch nicht betrunken«, sagt er, »ich sehe den Faden noch ...«

Vor den dunklen, roten Küchenbacksteinen hängt ein feiner Staubfaden, fünf Zentimeter von der Decke, fast unkenntlich in dem Dämmerlicht, vor der Ziegelritze.

»Ich habe den Faden nicht gesehen ...«, sage ich.

Dann kocht er.

Es gefällt mir hier in dem Haus. Ich schleiche vorsichtig in das oberste Stockwerk, durch all die fremden Zimmer, an all den bunten Keith-Haring-Postern vorbei, die mich ratlos machen, überall Keith Haring, in beinahe identischen Farben, in billigen bunten Plastikrahmen, und schiebe dann in einem hölzernen Arbeitszimmer eine CD ein. Ich lege mich auf den Boden und lausche einer langsamen Bach-Suite, mit geschlossenen Augen, beobachte, wie sie in mich hineinwärmt, in einen fusseligen Teppich geschmiegt, und spüre, wie die Baßtöne knapp über den Bodenfasern auf mich zuwehen, an mir entlangperlen, wie Wassertropfen, mit geschlossenen Augen, und spüre mich deutlich in der Höhe. Im zweiten Stockwerk. Ich sehe mich dort oben auf einem windigen Stahlgerüst liegen. Schutzlos.

Zwischen den Sätzen klirrt eine Fahnenstange vor dem Fenster. Es ist wirklich schön hier. Sobald ein wenig Wind weht, schlägt das kleine Gewicht gegen den Mast. Es sind sogar verschiedene Töne, wie auf einem voluminösen Holz-Xylophon geschlagen. Synkopisch begleitet vom einsetzenden, tröpfelnden Regen, der im hallenden Hinterhof in ein Glas stürzt. Es würde mich schon interessieren, warum jemand dieses blöde Glas dort hingestellt hat, aber ich kenne hier niemanden, und das blöde Glas knallt nun mal dort.

Plötzlich steht Speedy im Türrahmen, und er klopft tatsächlich an. Er trägt eine bunte Schürze um die Hüften, und auf seiner Oberlippe bröckelt ein Rest roter Soße. Vom Abschmecken. »Als wir noch in einem richtigen

Haus gewohnt haben«, sagt er, »nicht so schön wie hier, aber ein Haus ... da hatte ich als Kind eine Lieblingspuppe. Mit der habe ich eigentlich immer gespielt. Ich habe auch mit der Puppe geschlafen. Auf jeder Reise war sie dabeigewesen. Ich war so in meine Puppe verliebt, daß ich überlegte, wie ich meine liebste Freundin noch weiter verschönern könnte ... Und dann habe ich der Puppe die Haare geschnitten. Die Haare würden ja wieder nachwachsen, und zwar schöner als vorher. Vielleicht sogar als Locken ... Aber die Haare wuchsen auch nach drei Wochen nicht einen einzigen Millimeter. Daraufhin habe ich meine einzige Freundin und Gefährtin vor Scham und vor Angst vor meiner Mutter im Schrank versteckt. Zwei Jahre lang ... Und sie dort heimlich nachts besucht. Flüsternd und weinend. Und manchmal habe ich sogar bei der Puppe im Schrank gedöst ...«

Speedy setzt sich zu mir auf den Teppich und lauscht in die Musik hinein.

Draußen, vor dem Fenster, entdecken wir am Horizont einen sogenannten modernen

Hochhausblock. Auf einem Hügel. Mit ungefähr zweihundert Mietparteien, in identischen kleinen Eckstuben und aufeinander abgestimmten Balkonkübeln und Gardinenbleiche, aber ein einzelner Quertreiber hat seinen Fernseher, wie in modernen Hotelzimmern, unter die Zimmerdecke gedübelt. Und jetzt kreiselt dessen flackerndes Fernsehbild wie ein Bild im Bild aus dem umgebenden Betonrahmen. Wie eine Skulptur. Wie in einem Riesenmonster. Inmitten Hunderter identischer Fensterrahmen. Wie ein böses Auge.

»Jalousien!«

Plötzlich springen wir auf und horchen atemlos auf die heftigen Geräusche. Es sind die unverwechselbaren Lamellenlaute, wenn eine sperrige Balustrade aufgeschoben oder runtergelassen wird. Dabei hat Speedy doch ausdrücklich gesagt, daß die Nachbarn verreist sind. Und jetzt kommen die Nachbarn zurück. Oder vielleicht ist es sogar die Polizei. Vielleicht steigen sie sogar schon in dieses Haus ein.

Dann schmunzelt Speedy wieder. »Tauben«, flüstert er, »in einem Mauernest ... Sie brüten Junge aus. Das klingt so ...«

»Natürlich«, sage ich, »Tauben«, und drehe die Musik lauter.

Es ist schön hier.

Stoffkrokodil

Ihre Adresse stand vorne in dem Notizbuch. Es war ein schmaler Lederband.

Sie schluckte dreimal täglich Tabletten. Sie schrieb darüber dreimal täglich Sätze.

Sie schrieb über den Würgemoment, wenn die Kapsel an der Zungenoberseite pappte und nicht hinter das Zäpfchen rutschen wollte. Trotz Flüssigkeit unbeweglich, groß und unwillig, während die Tablette sich schon im Speichel zischend auflöste. Sie schrieb darüber in harten, eckigen Buchstaben. Ihre Adresse stand vorne in dem Notizbuch. Ich zwängte es verdeckt zwischen die Zeitung in meiner Aktentasche, als würde ich es stehlen, und dabei hätte ich beinahe mein eigenes Adreßbuch auf dem Münzfernsprecher liegen lassen. So wie sie vorhin. Das wäre natürlich eine interessante Verbindung gewesen, dachte ich, wobei mein Finder sich andererseits schnell gelangweilt hätte. In meinem Kalender stehen keine Gedichte, nicht einmal spannende Telefonnummern. Nur Termine.

Ich blätterte die ganze Zugfahrt, bis nach Köln, in den dichtbeschriebenen Seiten und den fremden Gedanken, und dann sah ich meine Telefonnummer. Ich dachte zuerst, es müsse sich um eine witzige Namensähnlichkeit handeln, aber zwei Zentimeter darunter stand auch meine neue Adresse, mein Geburtstag und die genaue Adresse meiner Eltern. Im Anhang hinten hatte die Frau sogar meine Geheimnummer zu Hause und die Büronummer plus Fax verzeichnet.

Ich kannte die Frau nicht. Ich hatte ihren Namen noch nie gehört.

Ich dachte darüber nach, ob es die Freundin eines Bekannten sein könnte, die meine Adresse aus beiläufiger Höflichkeit aufgeschrieben hatte, aber beiläufige Bekannte kannten weder meine Geheimnummer noch die Adresse meiner Eltern. Außerdem waren im ganzen Notizbuch nur ungefähr zwanzig Telefonnummern verzeichnet.

Normalerweise hätte ich dieser Frau ihr verlorenes Notizbuch einfach nur mit einem kleinen Begleitschreiben zurückgeschickt. Aber das ging jetzt nicht. Ich mußte wissen, woher sie meine Geheimnummer hatte.

Zu Hause wählte ich ihre Telefonnummer in Hamburg. Ich entschuldigte mich für meinen späten Anruf. Ich gab mich freundlich und rechtschaffen. Harmlos. Ich erzählte ihr, daß ich das Notizbuch in einer Telefonzelle gefunden hätte, und fragte sie, ob ich es ihr zurückschicken sollte, aber ich nannte ihr nicht meinen richtigen Namen. Ich nannte mich Mirco. Sie war sehr still.

Im Hintergrund lief irgend etwas von Bach, Klaviermusik, wahrscheinlich von Glenn Gould gespielt, abgehackt, und es klirrte etwas zu ihren Füßen. Flaschen oder Gläser. Ich horchte in ihr Zimmer hinein, durch den Telefonhörer, als könne ich es anhand der Geräusche vermessen. Auf meinem eigenen roten Fusselteppich sah ich währenddessen zwei alte Nudeln liegen. Unter einem Beistelltisch. Wahrscheinlich vom Freitag. Sie pappten aneinander und leuchteten inzwischen wie fabrikfrische Gummibärchen.

»Haben Sie in dem Buch gelesen?« Sie fragte sehr leise. Es war ihr nicht peinlich.

»Ich mußte ihre Telefonnummer ausfindig machen ... Ein wenig geblättert ...« Im Hintergrund hupte plötzlich ein Schiff. Es klang so dumpf, als lebe sie nicht in Hamburg, am Hafen, sondern auf einem anderen Kontinent. »Außerdem schreiben Sie wirklich sehr sehr gut ...«

Sie trank.

Sie schluckte. »Haben Sie die Sache mit dem Stofftier verstanden? ... 17. Februar ...«

Die Geschichte an diesem Februartag handelte davon, wie sie beim Aufräumen ein grüngelbes Stoffkrokodil in einer Kellerkiste gefunden hatte. Ein Geschenk von einem Mann, den sie wohl sehr sehr gern gehabt hatte. Inzwischen gab es diesen Mann nicht mehr, aber sie konnte es trotzdem nicht ertragen, das weiche Stofftier zu sehen, und steckte es zurück in die Kiste. Nach einigen Minuten tat es ihr aber nun wiederum leid, das Tier in eine kalte Kiste zu sperren, weil sie unentwegt daran denken mußte, wie glücklich sie damals gewesen war und wie sie das Krokodil geknuddelt hatte. Und daß das Tier doch nichts dafür konnte. Also nahm sie das grüngelbe Ding heraus und hielt es auf dem Arm, und dachte an die Zeit und an diesen Mann, und streichelte es und zog an seinen Beinen, und quälte es und riß ihm langsam die Beine aus, und tötete es. Und weinte.

»Es ist ein Stofftier...«, sagte ich. Es war eine blöde Antwort.

»Sie sind ein glücklicher Mensch...?« Sie fuhr anscheinend mit ihrem Glas über den Hörer. Es kratzte in meinem Ohr.

»Nicht immer.«

»Ich bin oft in Köln«, räusperte sie sich, »auch dieses Wochenende. Ich könnte mir mein Notizbuch abholen.«

»Ja... Klar, ich würde mich freuen...« Ich hatte das Gefühl, daß ich viel zu jungenhaft sprach und zu locker, was überhaupt nicht meine Art war. »Wir könnten uns dann weiter unterhalten«, sagte ich.

Samstagsmorgen montierte ich meine Klingel- und Türschilder ab. Obwohl wir uns in einem Café verabredet hatten. Glücklicherweise begegnete ich keinem Nachbarn. Ich wollte mich nicht erklären.

Sie kam extrem pünktlich mit dem Taxi vor die Glasfassade gefahren. Wir hatten irgendwie locker fünfzehn Uhr ausgemacht, und jetzt war es fast auf die Sekunde genau fünfzehn Uhr. Sie trug ein elegantes, rotes Kostüm. Ich hätte sie fragen sollen, welche Umgebung sie schätzt, dachte ich, denn in diesem Café trugen die Frauen Jeans und Pullover. Ich wollte nicht, daß sie sich unwohl fühlte. Aber sie lächelte.

Sie hatte eine große gleichmäßige Narbe auf der Stirn. Ich wollte nicht dorthinschauen, weil wahrscheinlich jede neue Bekanntschaft blöde dorthinstarrte, aber ich brachte es auch nicht fertig, an der Narbe vorbeizusehen.

»Ich habe als Kind Schneewittchen geliebt.« Sie fuhr sich mit dem Zeigefinger über die Kerbe und lächelte immer noch. Sie bestellte einen Sekt und erzählte dann, daß sie als Mädchen jeden Tag zu Boden gesunken war, um sieben Jahre zu schlafen, als Schneewittchen, von der bösen Hexe vergiftet, und dann da also lag, jeden Tag, bis daß der Prinz kommen würde.

Statt dessen war eines Tages ihr Hund auf sie zugeschossen, um sie ängstlich wachzulecken, weil sie doch bewußtlos am Boden lag. Über die feuchte Zunge in ihrem Gesicht hatte sie sich dann so erschrocken, daß sie hektisch aufgesprungen war und ihren Kopf mit aller Kraft in die Ecke der Spüle gerammt hatte.

»Aua...« Ich faßte mir instinktiv an den Kopf. Und trotzdem war es irgendwie auch süß. »Schneewittchen...«

Sie sah mir nicht in die Augen. Sie sah an mir vorbei in die Leute hinein. Einen Moment lang dachte ich sogar, daß sie vielleicht mit jemandem hier verabredet war. Daß sie beide sich abgesprochen hatten und interne Zeichen austauschten.

Hinter mir saß ein eleganter Vierziger. Ein peinlicher Vierziger, dachte ich, wahrscheinlich Vertreter mit abgelaufenem Dispokredit.

Bunte Krawatte und weißes Brusttaschentuch. Er saß herrisch und selbstverliebt auf zwei Stühle verteilt und hörte seinem Begleiter zu, indem er seinen Kopf ungewöhnlich schrägstellte. Er genoß sein Sitzen. Er wußte, daß man ihn ansah. Er mochte seine Arroganz. Als er sein linkes Bein wieder gönnerhaft über das rechte schlug, sah ich, daß er unter seinem linken Schuh Scheiße kleben hatte. Damit sah er so lächerlich aus. Und er wußte es nicht. Er grinste immer nur weiter.

»Ich habe wohl wieder etwas Falsches angefaßt«, sagte sie plötzlich erschrocken und packte einen kleinen Handspiegel aus, »ich fühle wieder ein wenig Ausschlag.«

»Da ist nichts... Wirklich nicht. Nirgendwo.«

»Ich spüre so ein Spannen, und ich kenne dieses Gefühl. Ich kenne es zu gut, o ja, ich muß mich seit meiner Kindheit mit dieser verdammten Neurodermitis rumschlagen... Dabei bin ich auf dem Land großgeworden und nicht in der Stadt... Und ich war der einzige Mensch im Dorf mit so einer Hautkrankheit. Ich durfte nichts anfassen, nichts berühren, vor allem keine Tiere. Keine Kadaver. *Faß keine toten Tiere an! Das gibt Ausschlag!* Dann dringt Totengift in dich hinein... Ich liebe aber Tiere! Und überall waren Tiere... Ich konnte vor allem nicht an verletzten Tieren vorbeigehen. Einmal habe ich sogar auf der Straße mein Hemd ausgezogen, um einen angefahrenen Vogel zum Tierarzt zu bringen... Der Vogel ist auf dem Weg gestorben. Anschließend war ich am ganzen Körper mit Pusteln übersät... Todespusteln. Manchmal... sehe ich mich sogar selbst als faulenden Kadaver...«

Es klang irgendwie nicht pathetisch oder dramatisch. Ich wußte aber nicht, was ich darauf antworten sollte. Ich sah unschlüssig aus dem Fenster. Eine alte Frau in einer braunen Strickweste sprach draußen in ihr Handy und wippte dabei vor und zurück. Dann sah ich, daß es nur ein kleines Taschenradio war. Ausgeschaltet.

»Vielleicht klingt es blöde«, sagte ich in ihre Augen im Handspiegel hinein, um wieder auf den eigentlichen Grund unseres Treffens zu kommen, »aber ein wenig hatte ich das Gefühl, daß es vielleicht kein Zufall ist, daß ich dein Notizbuch gefunden habe...« Ich wußte immer noch nicht, wie ich damit rausrücken sollte, daß sie meine Adresse und Geheimnummer kannte.

»Das ist nicht blöde... Ich habe oft so ein Gefühl... daß etwas passiert. Manchmal ist dieses Gefühl sogar so stark, daß ich alles stehen und liegen lasse und spazierengehen muß. Ich renne los, weil ich plötzlich sicher bin, am Bahnhof eine Zeitschrift kaufen zu müssen... Und dann passiert überhaupt nichts... Nicht mal die Zeitschrift ist da...«

»Vielleicht ist ja etwas Unsichtbares geschehen, einfach dadurch, daß du losgefahren bist... Wie beim Billard: um die schwarze Kugel einzulochen, müssen erst die anderen angeklickt werden... Vielleicht gibt es ja so was wie Zeitschienen, und dadurch, daß du irgendwo hingehst und aufgehalten wirst, vielleicht auch nur um fünf Minuten, wird auch diese Zeitschiene um entscheidende fünf Minuten verschoben...«

»Vielleicht... Ich glaube auf jeden Fall,

daß sich an Stränden Nachrichten übermitteln lassen. Über den Ozean hinweg. Vielleicht sind Ozeane sogar Sammelbecken… Daß sich alle Wünsche, Hoffnungen, Sehnsüchte auf die Meeresoberfläche begeben und von Wünschenden am Strand empfangen und weitergegeben werden…«

Draußen wartete ein Auto vor einer Ampel. Auf dem Beifahrersitz saß ein Mädchen und starrte zu uns in die Kneipe hinein. Sie war ungefähr vierzehn. Hier, bei uns, war für sie das geheimnisvolle Leben. Nur noch zwei Jahre, schien sie zu denken, dann wird alles anders…

»Als du mich wegen des Notizbuchs in Hamburg angerufen hast, war das auch ein sehr merkwürdiger Abend… Vor genau einem Jahr hat sich mein Vater umgebracht… Er war Journalist, und bevor er ernst machte, hat er sich seine letzten Interviewbänder angehört… Zweite Tage und zwei Nächte lang… Dann hat er sich erschossen…«

»Scheiße…«

Wir sahen uns zum ersten Mal lange an. Sie hatte grünliche Augen. Dann küßten wir uns vorsichtig. Es war überflüssig. Aber wir waren beide einsam. Das war alles, es war kein leidenschaftliches Gezerre. Es war klar, daß wir uns nicht wiedersehen würden. Wir waren beide nur einsam. Wir küßten uns ganz leicht und langsam. Zwei Freunde. Ihre Lippen waren trocken und rissig. Dann hielten wir nur unsere Köpfe gegeneinander.

»Mirco...« Sie sezierte meinen Namen, als müsse sie sich für irgend etwas entschuldigen.

Ich wollte zu Hause für sie kochen, aber als ich in meinem Kühlschrank kramte, schob sie beinahe alle Soßen und Veredelungstöpfchen wieder zur Seite, weil sie allergisch auf Lactose, damit auf Milch und sogar auf herkömmlichen Zucker reagierte. »Wahrscheinlich auch auf dein Parfum...«, sagte sie, »und vermutlich sind auch deine Bartstoppeln ein Problem...«

Sie zählte es trocken und leidenschaftslos auf. Sie konnte ja nichts dafür. Ich war trotzdem irgendwie beleidigt.

Ich wollte sie necken und fragte, ob sie

denn auch auf mein Bett allergisch wäre. Die Frage war peinlich. Wir würden nie zusammen schlafen.

»Kommt darauf an, ob es Federn sind... Federn gehen auch nicht...« Sie antwortete abgeklärt wie eine Chirurgin.

Als wir dann in mein Schlafzimmer hinübergingen, um die Daunen wie bei einer ärztlichen Visite zu überprüfen, und ich plötzlich so eine kleine fiese Hoffnung hatte, daß es entweder keine Daunen sein mögen oder sie vielleicht alles nicht so eng sähe, plötzlich, und ihre Hautgeschichte vergäße, was mich irgendwie gereizt hätte, und wir uns doch in den Laken austoben könnten, fielen uns beide gleichzeitig auf dem Schreibtisch neben dem Bett die Briefe auf. Alle nicht an Mirco adressiert, sondern an mein ›wahres Ich‹.

Ich wurde rot.

Sie sah mich lange an.

Das Schreckliche war, daß ich dabei das Gefühl hatte: Sie hält nicht *mich* für einen Schwindler – statt dessen zieht sich um den anderen die Schlinge immer weiter zu. Erbarmungslos. Dessen Briefe werden schon abgefangen. Mirco hingegen ist ein Komplize. Und genau das schien sie zu freuen. Dann küßte sie mich. Ich stand einfach nur blöde da und starrte auf die Briefe.

Wir sprachen nicht mehr darüber. Wir aßen Nudeln mit Tomaten und Zwiebeln, tranken etliche Gläser Rotwein und kuschelten ein wenig. Ich ging auf die Toilette, und als ich aus dem Bad herauskam, war sie verschwunden. Ohne Notizbuch.

Ihr Telefonanschluß in Hamburg war ausgehängt. Unentwegt besetzt. Tag und Nacht.

Nach über zwei Wochen meldete sich dann plötzlich ein Mann am anderen Ende. Ich hatte ihn aus dem Schlaf gerissen. Er habe seine Wohnung für ein halbes Jahr untervermietet und wisse leider nichts darüber, wohin seine Untermieterin gezogen sei. Vielleicht helfe die Mitwohnzentrale weiter. Ginge ihn auch gar nichts an. Sie sei allerdings sehr nachlässig in der Küche gewesen.

Ich setzte mich in die Küche, auf den Stuhl, auf dem sie gesessen hatte, blätterte melancholisch in ihrem Notizbuch und entdeckte plötzlich den Namen meines neuen Abteilungsleiters. Er war von Frankfurt nach Köln gezogen. Vor zwei Wochen hatte ich das noch nicht gewußt. Sein Nachname war fett durchgestrichen. Mir wurde übel.

In diesem Moment klingelte in der Wohnung über mir ein Telefon. Aber es nahm niemand ab. Es klingelte achtmal, zehnmal, zwölfmal, ich ging zum Fenster und saugte mit aller Kraft Frischluft. Ein einziger Vogel zwitscherte begleitend. Er japste genauso klangarm wie das Telefon. Im gleichen Rhythmus. Es überlappte sich.

Dann zerkleinerte ich das Notizbuch in atomare Kleinstschnipsel. Konfettisalat. Ich ließ langsam die hölzernen Wohnzimmerlamellen hinab, um alleine zu sein und niemanden sehen zu müssen, und durch die sausenden Längsteile hindurch sah ich ein knutschendes Pärchen auf der anderen Straßenseite. Durch die gebrochene Geschwindigkeit wirkten die Berührungen wie in einem Stummfilm.

Ich dachte an meinen letzten Liebeskuß.

Ich dachte daran, wie ich mit Sabine in diese versteckte Hamburger Buchhandlung geraten war. Niemand außer uns war in der Buchhandlung gewesen. Die Bücher waren in Plastikfolie verschweißt, und die Plastikfolie knarrte. Es mußte an der Hitze gelegen haben und an der augenblicklichen Stille hinten im Laden, ohne Menschen, aber in den tausend Büchern ächzte und quengelte die Plastikfolie. Die Bücher machten Geräusche. Die Bücher schienen sich in der Hitze zu rekeln und zu ekeln und zu lamentieren. Und sie hatten alle einen eigenen Sprachrhythmus und fielen sich ins Wort.

Wir beide hatten inmitten dieser schrillen Ruhe gestanden und es als einzige beide gehört und uns angesehn und uns *verstanden.*

Am gleichen Abend hatte sie mich verlassen.

Am nächsten Morgen hatte ich das Notizbuch gefunden. Der Vogel schwieg.

Rainer ist böse

Rainer ist ein Arschloch. Das wissen alle. Das sagen auch alle, ARSCHLOCH, obwohl sie es meist nur zur Seite tuscheln. Denn wenn Rainer ins Jugendzentrum kommt, dann gehen die Tuschler zur Seite. Dann klackt nur noch der Tischtennisball. Rainer ist nämlich unberechenbar. Rainer ist BÖSE.

Deshalb hat er auch nur wenige Freunde. Und deshalb redet er auch nur mit denen, und wenn er zu ihnen spricht, dann ist es eigentlich mehr ein Gackern und Blöken. Und ein Hochstacheln. Immer höher, und noch ein wenig schneller, brutaler, und wenn es dann überhaupt nicht mehr lauter geht, dann zeigt er das Messer, das er geklaut hat.

Rainer ist nämlich BÖSE.

Er versteckt das Messer. Klappklinge. Er läßt es in seiner armygrünen Blousontasche verschwinden und zieht es beiläufig wieder heraus, oder er kämmt seine kurzen schwarzen Haare damit. Oder er führt die stumpfe Seite an seiner Kehle entlang. Je später der Abend, desto deutlicher die Klinge. Und nach einer Stunde ritzt er damit auch offen auf der Tischplatte herum und spielt Jongleur. Er wirft es hoch, gegen die Decke, und versucht die kreiselnde Klinge mit bloßen Händen zu fangen. Er stachelt seine Freunde an, das Messer genauso zu fangen. Sie trauen sich aber nicht. FEIGLINGE! Er ist ungeduldig. »Ist doch nur ein Spiel!« sagt er und lächelt wie ein Kindergartenbub, und hält es denen, die nicht fangen wollen, an den Hals. Mit der scharfen Seite. Und lacht. Weil sie Feiglinge sind. »Ist doch überhaupt nicht scharf!« gackert er, weil es schließlich nur ein Spiel ist, so wie das ganze Leben ein Spiel ist und alles andere sonst langweilt. Alles ist langweilig.

»Steck das Messer weg«, sagt Achim.

Achim ist Pädagoge im Jugendzentrum. Er hat nicht aufgepaßt oder nicht aufpassen wollen, als Rainer jonglierte und feixte. Jetzt spült er einfach weiter hinter seiner

Theke und lächelt Rainer an. Er droht nicht. Er stellt lediglich die gespülten Gläser auf ein buntkariertes Handtuch und schaut und wartet. Er sagt lediglich diese vier kleinen Worte, die ohnehin jeder erwartet hätte – und Rainer explodiert wie eine Sylvesterrakete. Er wirft alle umstehenden Stühle in die Ecke und poltert die Tische zur Seite, und schreit dabei, und schreit, als habe er sich auf einen heißen Ofen gesetzt. Er schreit wie ein Irrer. Als habe ihn jemand unverzeihlich beleidigt oder gedemütigt oder verletzt, oder alles zusammen. Als seien ihm Mutter und Vater gestorben, und das Haus abgebrannt, und alle Schulzeugnisse vernichtet …

Dann rennt er raus.

Draußen raucht er wieder vollkommen ruhig und wedelt leicht mit der Kippe im Mundwinkel. »Hausverbot«, grinst er schief und gewollt stolz. Irgendwie verlegen. Irgendwie gleichgültig. Er läßt mich zusehen und dabeistehen, mit seinen Freunden, und erzählt dann wieder Zeugs. Er weiß manchmal selber nicht, was er so redet. Aber wir hören zu, weil so eine Kraft zwischen den Silben funkelt, über die Worte hinweg, hindurch, und so eine Verzweiflung. Und Wille.

Er wackelt immer heftiger auf der Stelle, weil endlich was passieren soll. Muß! JETZT. »Leute, was losmachen!« Nicht mehr reden, nichts mehr planen. Überall wird geredet. Ohne Ergebnis. Da lockt die Energie, die von ihm ausgeht. Von seinen sogenannten Worten, Silbenschnipsel. Sein Scharren. Daß alle diese politischen und sonstigen Unübersichtlichkeiten und Möglichkeiten und Variationen sich zu Ende gemöglicht haben. DASS JETZT ENDLICH WAS PASSIERT. Also kickt er seine Zigarette in den Bordstein.

»Du bist zu alt«, sagt Rainer zu mir, ohne mich damit von irgendwas abhalten zu wollen. Er ist achtzehn geworden. Er sagt das einfach so daher, aber er schaut mich mit seinen braunen Augen an, als habe er wieder Weltwesentliches von sich gegeben. Alles, was er sagt, bekommt diese weltverändernde Wichtigkeit. Und alles über achtzehn ist zu alt. Viel zu alt. »Du verstehst keinen Spaß mehr«, sagt er und schaut mich dabei nicht an. »Spaß ist das Wichtigste!« Und jault danach wieder auf. IRGENDWAS LOSMACHEN.

Irgendwas muß passieren! Und Berny und Ralf und Hubert lachen mit und jaulen mit und werden mit losmachen, obwohl keiner von uns weiß, WAS eigentlich genau passieren soll. Aber das ist auch nicht so wichtig.

Wir rennen los.

Wir laufen. Wir springen. Es muß immer noch ein wenig schneller sein, immer noch ein wenig gefährlicher. Plötzlich bei roter Ampel auf die andere Straßenseite rüber, zwischen den überholenden Autos hindurch, und dabei keine Miene verziehen, keine Angst zeigen. SPASS HABEN. Toll wäre, wenn einer der Autofahrer so stark bremsen müßte, daß es zum Unfall käme. Hauptsache rennen. Plötzlich als Rudel zu viert nebeneinander auf dem Bürgersteig jeden anrempeln, der entgegenkommt. SPASS HABEN. Leute plattwalzen. Leute sind Gegner. Rempeln. Laufen! Und dann nicht mehr haltmachen vor läppischen Verboten. Denn das Leben ist schwer, das Leben ist hart. SCHLAG ZU! Ein Fahrrad steht im Weg. TRITT ZU! Es steht schräg an einer Straßenlaterne und blockiert damit Berny und Hubert die Bahn. Das geht nicht. »Film gesehen?« Rainer stampft als erster mit seinen Stahlkappenstiefeln gegen die Vorderseite des Fahrrads, bis es unbrauchbar verbeult ist. Das ist lustig. ACTION. Deshalb tritt auch Berny noch mal dagegen, obwohl das Fahrrad jetzt schon im Eimer ist. Aber es ist eben lustig. Und man hat so wenig zu lachen. Und Berny ruft es auch noch zweimal zu mir nach hinten, daß wir jetzt alle viel Spaß haben, weil es doch so lustig ist. Er trägt die Haare im Nacken kurz, wie Rainer. Alle vier tragen den gleichen Haarschnitt, und alle vier tragen blaue Jeans, und alle vier tragen schwarze Stiefel und Hemden aus den gleichen Läden. So gleich. Aber sie sind natürlich besonders. SO LUSTIG!

Rainer kratzt mit seinem Messer die Seite eines geparkten Autos auf. Er spielt Musicalstar oder so was ähnliches, zumindest bewegt er sich während des Ritzens ziemlich affektiert und alle lachen. LUSTIG! »Radio cashen?« Steigern. »Reifen alle machen?« Laufen. Laufen! Spaß haben! Deshalb wirkt es auch so störend, daß da so ein Spaziergänger schaut. Auf der anderen Straßenseite. Es ist so ein typischer Dackelausführer, abendlicher Gassigeher, kein Held, nur ein Glotzer. Nur ein Dackelbesitzer. Und deshalb versteht er anscheinend den Rainer-Humor nicht. Zumindest lacht er nicht. Das ist typisch, weil der Mann schon über achtzehn ist, weit über vierzig schon. So ein Hutträger, mit Regenschirm für alle Fälle und fester Abendroute, und rosa Wangenfarbe. Schüttelt einfach nur den Kopf. Nicht mal böse, mehr so enttäuscht, über die heutige Jugend, und über den Stand der Welt, über diese Gewalt. Nicht mal sonderlich deutlich, eher ängstlich. ÄNGSTLICH. Und Rainer kocht.

Rainer explodiert.

Obwohl es natürlich auch wieder lustig ist, hinüberzurennen und den Mann auf den Boden zu schmeißen. LUSTIG. Den Mann zum Lachen zu bringen. Zu treten. FLENN

NICHT! Mit den Stiefeln in den Magen. In den Unterleib. In den Magen. Ausprobieren, wie sich das anfühlt, wie das reindrückt, mit dem Stiefel. ABER HÖR AUF ZU FLENNEN! Zu viert in diesen Körper treffen, weil das so lustig ist, und der Mann immer noch seinen kleinen Kopf schützen will. Und Rainer ihn tiefer drückt. In den Dreck rein. Das blutige Gesicht in die Pfütze. Dann ist auf einmal Schluß.

»Voll am Schwitzen.«

Rainer lacht wieder. Mehr sagt er nicht.

Wir sind wieder ein wenig gelaufen und verschnaufen. Rainer kann reden, reden, plappern, und dann schweigt er unvermittelt für Stunden. Tage. Wenn es nichts mehr zu reden gibt. Nach der ACTION.

Rainer wirft bloß noch seinen Schlüsselbund hoch und nieder, immer wieder, und nickt rhythmisch zu dem metallenen Klang. Er wippt so, als sei er auf der Hut, der Flucht. Er wirkt meistens so, immer verteidigungsbereit, selbst wenn er gackert und ACTION macht. Immer in Lauerstellung. Immer bereit. Als warte er auf irgendwas, das irgendwann mal eintreffen müsse, sich bisher aber noch nicht gezeigt habe. Nur als Ahnung. Als dunkler Schatten.

»Fernsehen, so'n Mann, voll straight, zack, der weg...« Benny zeigt mit den Händen, was er gesehen hat, und grinst dazu. Niemand redet über den blutenden Mann, den sie eben zusammengeschlagen haben. Rainer hat den gleichen Film gesehen, aber schon letzte Woche. Video. Letztlich ist das gleich, ob Video oder Öffentlich-Rechtlich, weil es beides aus dem gleichen Plastikkasten kommt. Und der ist lebendig. Die Jungs können sich scheckig lachen, wenn wieder irgendwo zu lesen steht, daß das Fernsehen ein schlechtes Vorbild sei oder dumm mache, weil Fernsehen längst schon eine andere Dimension erreicht hat. Der Fernseher steht nicht mehr dumm da und gibt Vorbilder zum besten, der Fernseher ist lange schon im Kopf. Fernsehen ist auch jetzt bei uns. Alles ist Fernsehen. Der Mann hat geblutet wie im Fernsehen, und wir reden wie im Fernsehen, und wir SEHEN auch so. Mit den gleichen Schnittfolgen, wie bei MTV.

Wir leben so. Fernsehen ist Fernsehen. Alles ist überall und zur gleichen Zeit, und es ist cool. Blut ist Fernsehen.

Und im Fernsehen stehen auch alle wieder auf. Oder sie bleiben liegen.

»Zukunft, klar, Job und Kids...« Und viel Lachen. Es ist lustig, Fragen zu stellen. Es ist lustig, zu antworten. Aber Rainer mag trotzdem nicht weiterreden. Letztlich ist auch die Zukunft nur ein Spiel. So wie alles Spiel ist. Ohne Rahmen. Reden. Deshalb kann er mir auch irgendwelche Fascho-Parolen an den Kopf werfen und anschließend linke Parolen, weil es ohnehin egal ist, was er brüllt, was irgend jemand brüllt, und weil er keine Lust mehr hat. Obwohl er seine Halsschlagader anschwellen läßt und vor politischer Begeisterung anscheinend nicht zur Ruhe kommen kann, weil alles, aber auch wirklich restlos ALLES so Scheiße ist, im Staat. Da oben. Um dann aber doch nur immer wieder zu schweigen.

»Du bist in Ordnung«, sagt er ohne jeden Zusammenhang. Legt mir seine Pranke auf die Schulter. Er will mich einfach nur verarschen. So dahersagen. Und deshalb wundert es mich auch nicht, daß er mit dem gleichen Samaritergesicht, mit der gleichen Kindergartenfresse hinter mir nach einer Katze tritt. Als sie angstvoll jammert und wegrennt, weiten sich Rainers Augen. Als sei er erstaunt über seine eigenen Möglichkeiten. Über das Leiden. Als sei er ein Forscher, auf der Suche nach diesem merkwürdigen Phänomen des Schmerzes. »Zeitung«, wendet er sich an Hubert, »Autos, Airbag, wumm, und voll gegen die Mauer ...«

Es stört ihn langsam, daß ich ihm nicht moralisch komme.

Nett ist, daß er noch zu Hause schläft. Bei seiner Mutter. Scheidungskind. Vorerst will er da auch nicht ausziehen. »Keine Knete, kein Auto ...« Knete ist das Wichtigste. Er amüsiert sich ewig bei der Vorstellung, mich dorthin mitzunehmen. Es muß unglaublich LUSTIG sein. »Mein Elternhaus ...«, lacht er und betont das Wort gestelzt. »Biologisch bin ich zwar von meinem Alten, aber das war's auch schon. Da ist sonst nix ...« Nicht mal über diese Kluft läßt sich noch reden. Kein Generationenkonflikt, vielmehr ein Generationenschweigen. Generationenschimmeln.

Mietswohnung. Angestelltensiedlung. Alkoholikersiedlung. Satellitenschüsseldächer.

Rainer bekommt natürlich gleich wieder zuviel, als seine Mutter die Tür öffnet. Weil sie nett ist. Und weil sie so unsicher ist. Sie ist eine dieser netten, aber ängstlichen, aber überforderten, resignierten Kochtopfmütter. Mittags Kartoffeln mit Fleisch und Gemüse. Einfach gekleidet, aus Prinzip, mit mehreren Ringen unter den Augen. Rainer braucht sie nur anzusehen und würde am liebsten wieder trampeln und schreien. Es macht ihn fertig, daß alle Deppenbesucher seine Mutter so überragend nett finden und von daher seinen Haß nicht mehr verstehen können. Seine angeblichen Qualen. Die ihn tagtäglich so umtreiben.

»Ich weiß nicht, was ich noch groß erzählen soll«, sagt seine Mutter und verschränkt beide Hände ineinander.

»Red doch irgendwas!« fährt Rainer ihr über den Mund. Er will schon wieder weg.

Er wackelt mit den Oberschenkeln und weiß natürlich, daß das zu stark war, vor Fremden, aber auch sonst, die eigene Mutter so anzublöken. Aber Rainer hört schon lange nicht mehr auf diese innere Stimme. Er kann sie nicht mehr hören. Obwohl sie so laut brüllt, daß wir anderen, wir draußen, sie überdeutlich mitbekommen. Rainer will taub sein.

»Junge...« flüstert seine Mutter. Leise.

Rainer dreht sich auf dem Absatz um und schlurft ins Wohnzimmer. Jede Kritik, jeder Hauch von Vorwurf ist zuviel. Hilft nur Fernsehgucken. Solche Mutterwörter machen ihn wahnsinnig. Solche Schwäche. Ihre Verzweiflung. Sie wußte nie, was sie einem Jungen geben sollte, außer Verzweiflung und Furcht. Sie wußte es vor achtzehn Jahren nicht und heute genauso wenig.

»Die Welt ist schlecht geworden«, sucht sie nach einer Antwort. Sie hat nie ein Leitbild abgeben können. Aber ich kann nicht bei ihr bleiben. Rainer hat sich nämlich wieder verkrochen. In sich selbst hinein. Er provoziert nur. Und als seine Mutter ins Wohnzimmer kommt, erzählt er einige seiner Nachtgeschichten und wieviel SPASS das gemacht hat. Er zwirbelt ihr diese Abenteuer maßgerecht unter die Augenringe.

Sie schämt sich und lächelt tumb und versucht irgendwelche Worte, um irgendwas zu erklären, aber Rainer schreit einfach dazwischen. »Hör-auf-zu-labern!« Jedes Wort betont er einzeln. LABERLABERLABER wiederholt er zehnmal, zwanzigmal, und hält sich dabei beide Ohren zu. Wie eine Gebetsformel im Heidenland.

»Ist das so schwer zu kapieren, ich will einfach nur Spaß haben!«

Wir schauen nur.

Aber das ist auch schon wieder zuviel für ihn.

Also verschwindet er wieder. Weil, DRAUSSEN versteht man ihn wenigstens. DRAUSSEN ist wenigstens Spaß.

Entjungferung

Charles hatte schon mit sechzehn Jahren in der ghanaischen Fußball-Nationalmannschaft gespielt. Jetzt lebte er in Köln. Er war von einem Berliner Zwischenhändler nach einem Freundschaftsspiel in Paris abgeworben worden.

Jetzt wohnte er in einer deutschen Gastfamilie, die erfahren war in der Betreuung ausländischer Sportlerkinder, und er wurde von wechselnden Betreuern zum Training gefahren und wieder abgeholt. Ich gab ihm dreimal wöchentlich Deutsch-Unterricht.

Schrift faszinierte ihn. Insofern machte der Unterricht uns beiden Spaß. Nach dem Training. Er spielte mit den Silben und speicherte sie dadurch. Eines seiner Speichersysteme bestand darin, die neugelernte Handschrift in einem Taschenspiegel zu doppeln, bis sie wieder unleserlich war wie orientalische Schnörkel. Dabei sprach er schon Englisch, war also mit europäischen Silben vertraut, aber er lernte Deutsch über kleine orientalische Spiegelschnörkel.

Manchmal schwieg er dabei minutenlang.

Sein Trainer wußte um diese Stimmungsschwankungen, rügte ihn aber nicht. Er wollte abwarten. Ich nannte den Trainer »Papageienmann«, weil er seine Seitenhaare so merkwürdig nach hinten gefettet hatte, daß ihm die Haarspitzen, von der Seite den ganzen Kopf entlang, aufrecht wie ein Irokesenschnitt standen. Außerhalb des Sportplatzes war er fast immer in Weiß gekleidet, trug altmodische weiße Slipper und hart verwaschene, weiße Hemden. »Wenn Charles sich wohlfühlt und alles gut läuft«, sagte der Trainer meist sybillinisch, »dann wird er ein ganz ganz Großer...«

Charles spürte diese abwägenden Gefühle und schämte sich für sein Gespür, weil die Spieler und Betreuer sich so nett um ihn bemühten. Er schämte sich, weil diese Nettigkeit immer auch deutlich machte, wie *anders* er war. Er *könnte* etwas Großes werden, etwas Unerreichtes, Majestätisches, Gigantisches; er *könnte* auch abstürzen. Charles wäre gerne einfach nur dagewesen. Er wäre gerne einmal schlecht gelaunt gewesen. Aber er lächelte. Er dachte daran, was sich mit der Zeit verändert hatte, aber er fand nichts.

Wenn ich ihn zum Deutsch-Unterricht in seinem Gast-Appartement besuchte, sprachen wir zuerst über das Wetter draußen und dann das Wetter drinnen, und dann stellte er die Stereo-Anlage an, weil er sich ohne Hintergrundmusik einsam vorkam und angeblich besser lernen konnte, und manchmal stellte er auch noch den Fernseher an, ohne Ton. Der Fernseher war dann wie ein Fenster. Früher habe er angeblich nicht eine einzige Zeile lesen können, wenn irgendwo Geräusche störten. Jetzt konnte er genausowenig lesen ohne Musik im Hintergrund. Früher war Musik für ihn genauso redselig gewesen wie ein Buch. Jetzt fehlte ihm dieser Code.

Er war einsam.

Ich gab ihm dreimal wöchentlich Deutsch-

Unterricht, aber ich benutzte kaum noch das Lehrbuch. Wir plauderten. Wir alberten. Er sehnte sich nach einem Mädchen.

Sein Zimmer bestand aus einem plastikhölzernen Kastenbett und einem quadratischen Schreibtisch am Fenster. Links davon stand ein schmuckloses Bücherregal. Manchmal glotzte er während des Plauderns aus dem Fenster und sah den Autos hinterher. Vor allem den Taxis. Er lernte die Spiegelungen der Blendscheinwerfer in anderen Fenstern berechnen. In den verdunkelten Fenstern von gegenüber konnte er, auch um die Ecke herum und durch Rückspiegelungen zwischen den einzelnen dunklen Scheiben, die roten Rücklichter und die gelben Taxilichter etliche Meilen beobachten.

»Ich habe noch nie mit einem Mädchen geschlafen...« Er saß leise und still. Er wußte, daß es merkwürdig war. An der Gastzimmerschräge hing ein verblichenes Meisterschaftsposter von Inter Mailand. Das Bild hing schon ewige Zeit in der Sonneneinstrahlung, von seinem Vorgänger angebracht, und

Charles hatte es nicht abgehängt. Charles sehnte sich nach einer Freundin, der er erzählen konnte, was ihn bewegte und bedrückte, und er hatte das Gefühl, daß es so ein Mädchen in Deutschland nicht geben konnte. Ein Mädchen, das ihn wirklich verstand.

»Manchmal stelle ich mich abends vor den Spiegel und spiele Küssen.« Er wollte es ironisch sagen, aber wir lachten beide nicht. Wir plauderten. Er betrachtete sein Gesicht wie eine Freundin ihn wohl betrachten würde, und er lächelte sich an wie sie ihn anlächeln würde, und er betrachtete sein Lächeln dabei. Er hatte schöne Zähne. Er achtete auf seine kleine Stupsnase. Er strich über seine Brustmuskulatur und seinen Trizeps, und er mochte sich anschauen.

»Deutschland hat keine Weite.« Ich hatte das Gefühl, ihn trösten zu müssen. »Deutschland ist ein Acht-Stunden-Land, du fährst in acht Stunden von links nach rechts, oder von oben nach unten. Und so ist auch der Sex.«

Afrika war ein Acht-Wochen-Land.

»Deutschland hat keine Stimmen, keine Geräusche. Und so ist auch der Sex.«

Ich wollte ihm helfen. Ich versprach ihm ein afrikanisches Mädchen zu seinem achtzehnten Geburtstag in acht Tagen.

»Aber das bleibt unter uns. Kein Wort an jemand anderen.«

»Versprochen.«

Sein Lächeln war wirklich wunderschön.

Wir fuhren dann nach Frankfurt ins Bahnhofsviertel. Er sollte ein Mädchen bekommen.

Ich war unsicher, ob diese Geburtstagsaktion nicht vielleicht ein riesiger, zudem peinlicher Fehler war und erzählte ihm deshalb Unmengen von Geschichten, um mich selber zu beruhigen. Ich erzählte ihm auch eine Geschichte von meiner Mutter. Sie hatte uns immer ein gutes Zuhause geben wollen, ein besseres Zuhause auf jeden Fall, als sie es selber gehabt hatte. Sie hatte uns alleine großgezogen. Dann erfuhr sie, daß an der nächsten Seitenstraße, auf einem leerstehenden Gelände, *unter Umständen* ein Bordell errichtet werden sollte. Von nun an war sie verzweifelt gewesen. Ihre Kinder gingen dort, in der gleichen Straße, zur Schule, und wir hätten jeden Tag an dem Bordell vorbeigehen müssen. Beinahe täglich beobachtete meine Mutter die Bauarbeiten und berichtete ihren Freundinnen den Fortgang. Sie beschrieb ihnen – und damit uns, die wir im Kinderzimmer saßen, mit großen Ohren, aufgeregt – Kontaktgänge, Orgienschluchten, Labyrinthe der Leidenschaft, und wie sie jetzt schon, in allen Einzelheiten, das zukünftige Treiben erahnen konnte. Ohne Absperrung. Jeden Abend hatte ich mir daraufhin vorgestellt, was dort in diesen Mauergewölben, in unmittelbarer Nachbarschaft, wohl passieren würde, und es war die wohl aufregendste Zeit meines Lebens gewesen. Dann stellte sich heraus, daß diese scheinbaren Puffgänge nur das übliche Kellerfundament eines üblichen Hochhauses gewesen waren. Kein Bordell. Keine Kontakthofgassen. Nur *Phantasie.*

Charles schmunzelte pflichtschuldigst. Ich hatte nicht das Gefühl, daß ihn diese Geschichte wirklich interessierte. »Hoffentlich erkennt mich niemand«, sagte er.

Vor unserem Parkplatz, mitten im Frankfurter Bahnhofsviertel, lag noch ein letzter Haufen Schnee. Überall sonst war er getaut, aber ausgerechnet an dieser Ecke schmolz noch ein gräulicher Reststreifen. Charles glotzte wie blöd in den Haufen. Ich überlegte, ob er vielleicht etwas verloren hätte. Dann deutete er auf eine verglühende Asche im Schnee. Von einer Zigarette vermutlich, die sich aber ungewöhnlich standhaft hielt. Ich glotzte genauso. Aber dann entdeckte ich, daß es nur Konfettiplastikplättchen waren, von irgendeiner Party, Karneval oder so. Sie reflektierten das vorhandene Licht, und somit schienen die Plättchen zu glühen. Ich verschwieg das aber.

Charles sah die rote, grelle Leuchtreklame und die neonbeleuchteten Fenster, in die man von der Straße aus nicht hineinschauen konnte, und er wunderte sich über die merkwürdige Atmosphäre in dem kleinen Eckviertel.

Überall waren Männer unterwegs, keine Frauen, und dadurch herrschte eine gespannte Atmosphäre. Es fuhren auch nur wenige Autos herum, obwohl die Straßen geräumig und übersichtlich angelegt waren.

Einmal stieg eine kurzhaarige Blondine aus einem Auto, und schon war sie Gesprächsmittelpunkt in den umliegenden Männergruppen. Sie verzog ein blasiertes, ebenschönes Gesicht und stabilisierte ein wichtiges Filofax in ihren Händen. Daraufhin wollte ich natürlich zynisch spucken, aber dann sah ich, daß die Blondine bei jedem Schritt einknickte und hinkte. Es war keine Sportverletzung, sie war unangenehm behindert.

Ich schämte mich. Und ich bewunderte sie. Sie hatte auf einmal Klasse. Sie war ernst und klug, und nicht blasiert. Alle Männer sahen ihr hinterher, weil sie wissen wollten, ob sie hier *arbeitete*. Aber das interessierte sie nicht. Aufrecht hinkend ging sie ihren Weg, und nur einmal schien sie merklich irritiert. Vor ihr schloß nämlich eine andere Frau eine Haustür zu. Diese andere Frau war ebenfalls attraktiv und trug zudem einen auffälligen Hut. Meine Traumfrau beobachtete diese andere Frau regungslos einige Sekunden. Frauen bestarren andere Frauen in einer Dimension, die Männer nie erreichen können.

»Hoffentlich erkennt mich niemand«, sagte Charles.

Ein alter Mann verkaufte Uhren in einer verstunkenen Garageneinfahrt. Er bewegte sich kaum und hielt die baumelnden Uhren an seinen Armen wie Geschwüre von sich.

Ich zog Charles in den nächsten Hauseingang zu einer Nackt-Show und plazierte ihn innen gleich vorne an die Glasscheibe.

»Ich bin noch nicht achtzehn.« Charles flüsterte wie ein Vierzehnjähriger. Ich stellte ihm ein Glas Sekt vor die Nase und prostete ihm zu.

»Du wirst hier nicht kontrolliert. Nur wenn du aussiehst, als wärst du fünfzehn. Aber du bist Sportler. Du siehst aus wie einundzwanzig.« Darauf war er stolz. *Einundzwanzig.* Das war gut.

Dann stierte ich auf die Mädchen. Ich sah, daß es Charles imponierte. Ich klatschte im Rhythmus der Musik und lächelte den Mädchen zu, die sich auf der Rundscheibe auszogen. Die anderen Männer im Raum saßen schweigend, schwitzend herum und bewegten sich nicht. Ich bekam dafür die Sympathien der Mädchen. Ich war jung. Die Mädchen kicherten mir zu und verdrehten theatralisch Kulleraugen, und für ungefähr eine halbe Stunde war das ein nettes Spiel.

Als sich die Kicherzeigerunde wiederholte, nahm ich Charles mit nach draußen. Jetzt sollte sein großer Moment kommen, deshalb waren wir schließlich nach Frankfurt gefahren. Jetzt sollte seine Entmannung folgen, die Entjungferung.

Charles kaufte sich an einem fahrenden Stand erst mal einen Schokoladenriegel und schmiß ihn dann zwei Meter weiter in einen Mülleimer. Er tat das ständig. Es war so eine Manie von ihm. Er kaufte etwas und warf es beinahe ungebraucht gleich wieder weg.

Ich führte Charles in das erste der flakkernd beleuchteten Häuser. »Such dir ein Mädchen aus... Ich bezahle... mein Geschenk...« Wir sahen einander nicht an. Es war irgendwie merkwürdig.

Dann trampelten wir die ausgelatschten Holzstufen hinauf und hinab, wie auch die anderen Männer. Wir schlenderten die schmalen Mädchengänge hindurch und stierten in die Arbeitskojen. Wir waren umgeben von weiteren Dutzend schweigenden Männern, die zum größten Teil nicht einmal mehr lüsterne Vergleiche anstellen konnten. Diese Treppenwanderung war für viele von ihnen schon ein Ritual, vor der Heimfahrt noch eben schnell durch die Hütten laufen und Neuware zu bewerten. Zumindest wirkten die Mädchen so. Manche saßen gelangweilt auf ihrem Bett herum, manche standen vor ihrem Waschbecken und frisierten sich in Zeitlupe die Haare. Vor dem Spiegel. Sie langweilten sich jeweils nur in einem Zimmer, bestrahlt von violettem Lichtschuß. Aus jeder Kammer schwappte heiße Heizungsluft nach außen in den schmucklosen Männerflur und verteilte sich dort in Kopfhöhe. Ein Mädchen hatte ein vergilbtes Michael-Jackson-Poster aus dessen Knollennasenzeit an der Wand. Eine andere lag hingelümmelt auf ihrem Bett und schaute einen türkischen Fernsehkanal. Sie stammte aber aus Thailand. In den meisten Zimmern schepperte ein Fernseher oder ein Kassettenrecorder, und so pflanzten sich Musik und Silbenfetzen durch die Gänge fort. Charles fühlte sich unwohl. Die schmalen Gänge machten ihm angst. Man ging von Zimmer zu Zimmer, als suche man einen fremden Sachbearbeiter im Finanzamt. Und das unentwegte Schweigen irritierte Charles.

Ein Mädchen hatte in ihrem Zimmer vier Fahrradketten liegen, neben den üblichen Dildos und Fußfesseln. Ich hatte plötzlich die Vorstellung, daß sie nachts umherzog und fremde Fahrräder zusammenschloß.

»Das Treppensteigen ist anstrengender als Training«, sagte Charles.

Es gab tatsächlich auch afrikanische Mädchen, aber sie waren genauso gleichgültig wie die anderen Mädchen. Es interessierte sie nicht sonderlich, daß Charles aus Ghana kam und damit aus Afrika. Höchstens afrikanischer Mammon interessierte sie. Wenn es deutsche Geldscheine waren.

Es war eben ein Arbeitshaus. Hier war niemand zum Spaß.

Wir liefen weiter schweigend umher, die Gänge entlang, in ein Nebenhaus hinein, dort wieder hoch, hinab und einmal knallte sogar ein Mann neben Charles auf den Boden. Er hatte sich während des Wanderns in den Schnürsenkeln seiner Stiefel verfangen. Unbeeindruckt davon lockte eine Blondine. Sie hatte einen dermaßen kleinen Mund, daß es mich interessanterweise ekelte. Ganz kleine Lippen. Sie sprach, aber ich konnte irgendwie nicht auf diesen Miniaturmund schauen. Ein anderer Gangmann sah aus wie Karl Marx. Er hatte den gleichen imposanten Bart, die gleichen fülligen Haare, noch eindrucksvollere Augen, nur der Kopf war größer als bei anderen Menschen – aber der Rest des Körpers war gnomenhaft winzig. Es war merkwürdig. Er sah aus wie ein Kind, das einen künstlichen Karnevalskopf spazierentrug.

Ein Mädchen hustete unentwegt. Ich wartete schon auf das Bellen nach dem Einatmen. Als wir an ihr vorbeigingen, stand ihr Mundgeruch schon in der Luft und wir mußten durch diesen Nebel schneiden.

»Ohne dich wäre ich schon wieder gegangen...«, sagte Charles. Er hatte sich vor diesem besonderen Tag gefürchtet, und jetzt litt er an der Stille und diesem asketischen Wandern, dem Geruch im Treppenhaus und dieser verlorenen, kalten Atmosphäre. Dann sagte er, daß ihn dieses Neonlicht ängstige. Überall grellstes Neonlicht. Es sei so hell.

Im fünften Haus, im Erdgeschoß, frisierte sich eine kleine Südamerikanerin an ihrem Waschbecken. Sie stand vor ihrem Spiegel und zupfte manchmal an ihren Augenbrauen. Charles entdeckte ihr schönes Gesicht erst im Spiegel, ihre Augen, und ihrer beider Augen trafen sich lange. Die Südamerikanerin drehte sich zu ihm um und lachte.

Sie war nett.

Neben ihr stand eine Freundin, die ihr fast bis auf das Muttermal glich. Sie waren keine Schwestern, sie sahen sich auch nicht direkt ähnlich, aber andererseits wirkten sie beide wie geklont. Was wohl an der Schminke und an der identischen Frisur lag. Gleiche Haarlänge, gleiche Körbchengröße, gleiche Pumps. Sie waren beide ungewöhnlich schön, weil sie faszinierende Mischlingsgesichter hatten, die sich unentwegt zu verändern schienen. Eine Kombination aus brasilianischer Sinnlichkeit mit italienischer Eleganz und französischer Grazie, mit suchenden großen Augen, und sie waren erstaunlicherweise beide nicht so kalt wie die anderen Frauen. Sie wirkten fast so, als seien sie aus Spaß hier. Obwohl das natürlich Blödsinn war.

Charles Verehrerin hatte lange schwarze Haare, die sie anscheinend minütlich nachbürstete, und sie lachte. Sie hatte einen schönen vollen Mund.

»Brasilianischer Mund, französische Titten...« Ich sprach so ordinär, weil ich dachte, daß es den Zusammenhalt unter uns Männern festigte und Charles dadurch seine Nervosität nahm.

Sie hatte einen perfekt gemeißelten Busen, den sie in einem schwarzen BH zur Schau trug. Sie war klein und zierlich. Aber sie hatte eine eindrucksvolle Hauchstimme. Erstaunlicherweise kraftvoll und bruchlos. Erotisch. Vibrierend.

»Your are nice, Süßer.«

Sie sprach Englisch mit sehr starkem Akzent. Es waren ihre einzigen Vokabeln. Aber sie lächelte international.

Charles konnte gar nicht anders, als mitzulächeln. Es war wie ein Sog. Er wurde von ihren Augen nähergezogen und dann von diesem Lächeln gewärmt, und erstaunlicherweise war da so viel Wärme, daß er sich nicht mehr fürchtete. Charles blieb vor ihrer Zimmertür stehen und sah sie lange an. Er war verliebt.

Mir ging es genauso. Ihre Freundin schien mich ebenso wirklich zu mögen. Sie roch auch gut. Kein Schweiß. Andererseits irritierte mich irgend etwas. Es war nur so ein Gefühl.

»Es gibt in dem nächsten Haus noch Afrikanerinnen.« Ich redete auf Charles ein wie ein Wochenendvater im Supermarkt. Aber Charles sah mich nicht mehr. Er wollte dieses Mädchen berühren und von ihr entjungfert werden. Von ihr ging etwas aus, das ihn faszinierte. Er hörte mir schon gar nicht mehr zu. Also drückte ich Charles das rechte

Schlüsselbein und benahm mich wie ein Fußballtrainer.

»Sei besonders lieb zu ihm«, sagte ich zu dem Mädchen und gab mir einen ernsten Gesichtsausdruck. Gleichzeitig fühlte ich mich wie ein Grundschüler, der nach einem mißratenen Schülerstreich vor seiner Klassenlehrerin antreten mußte. Ich gab ihr zwei Hunderter.

»Laß ihm Zeit ... Es ist sein erstes Mal ...«

Sie lugte demonstrativ an mir vorbei und zog Charles wie einen Plüschteddy in ihr Zimmer. Sie hatte violett lackierte, ausufernde lange Fingernägel, mit denen sie wohl nicht mal mehr ein Bierglas festhalten konnte, ohne sich selber zu pieksen.

Ihre Freundin schmiegte sich an meine Brust.

»Mein Name: Sheila.«

Ich nickte Sheila zu, und wir gingen nebenan in ihr Zimmer. Dort warf sie meine Geldscheine achtlos in eine schmucklose Schublade und pochte mit ihrem farbenfroh verlängerten Zeigefinger gegen meine Brust. Dadurch wollte sie mir anscheinend demonstrieren, wie wenig ihr das Geld bedeutete. Ich dachte daran, daß Charles im Nebenzimmer stand. Alles würde parallel ablaufen und irgendwie war das spaßig. Vielleicht erlebten wir sogar unseren Orgasmus gleichzeitig.

»Du: süß.«

Ich hatte wieder dieses blöde Gefühl, daß sie wirklich ehrlich an mir interessiert war. Was albern war. Sie war eine Hure, sie arbeitete, sie brauchte das Geld, aber dann küßte sie mich. Es war ein schönes Gefühl, diesen weichen warmen Körper an meiner Haut zu spüren, und wie sie mit ihren vollen Lippen an meinen nuckelte, dann mit ihrer Zunge züngelte und anschließend damit auf Wanderschaft ging. Frankfurt war doch gar nicht so übel. So etwas gab es wohl in ganz Afrika nicht, dachte ich und glaubte tatsächlich Charles zu hören, wie er im Nebenzimmer lachte.

Sheila gurrte wie ein Teenager.

Weil sie sich unentwegt eincremte, hatte sie einen warmen Film auf der Haut. Andererseits war sie am Po und am Rücken ausgetrocknet und schuppte. Das sah nicht nett aus. Ich sah daran vorbei. Ein Miniaturvibrator kreiselte ächzend und verteilte einen deckenden Parfumgeruch. Trotzdem glaubte ich die spezifische Kondomätherik zu riechen. Früher hatte Samen einen Geruch, dachte ich. Früher, in den ersten Onaniertagen, hatte ich Samen überall und viel deutlicher wahrgenommen.

Sheila öffnete meine Jeans mit ihren weißen Zähnen und starrte mich dabei tief mit ihren dunklen Augen an. Ich konnte nicht anders, ich mußte genauso blöd zurücklächeln. Ich war tatsächlich blödsinnig glücklich.

Sie zog mit ihren Zähnen an meinen Lippen, stichelte dann sofort lieb mit ihrer Zunge hinterher, und pochte anschließend mit ihrer langen Zunge in meinem Rachen herum. Sie beherrschte es, keine Routine aufkommen zu lassen und mich in jeder Sekunde zu überraschen. Ich dachte daran, was es wohl für ein Gefühl für Charles sein würde, daß er hier als Afrikaner in Deutschland seine Unschuld bei einer Südamerikanerin verlor. Die ihm alles zeigte. Wahrscheinlich war es ihm egal. Sheila kratzte mit ihren

Nägeln an meinem Körper entlang, bis er vollständig mit Gänsehaut überzogen war.

Sie wischte mit ihren langen schwarzen Haaren durch mein Gesicht und forderte mich dabei auf, ihren Busen zu kneten. Beide Brüste standen prall und fest nach vorne. Nichts hing oder wackelte. Wie Stein. Es war ein beeindruckendes Gefühl. Also knetete und streichelte ich.

Ich genoß es dabei, auf dem Rücken zu liegen und alles einfach nur geschehen zu lassen, zu beobachten, wie sich ihre warmen Lippen um mein pochendes Unterteil stülpten. Und da waren immer wieder ihre zielsicheren Fingernägel, die meinen Körper entlangstrichen.

»Du süß, soo süß . . .«

Sheila drehte sich um und hielt mir ihren glatten, muskulösen Hintern entgegen. Sie entwickelte jeden Schritt aus einer inneren Logik heraus, die mir nicht vertraut war.

Ich schwitzte dabei tropfenweise unter den Achseln. Es lief mir an der Seite entlang bis auf den Bettbezug und saugte sich dort dunkel zu gleichmäßigen Kreisen auseinander. Ich streichelte mit meinen kalten Fingern zwischen ihren Schenkeln entlang, langsam höher, um den Punkt zu berühren, in den ich mich versenken würde.

Sheila schob freundlich, aber bestimmt meine Hände weg. Das hatte sie schon einmal getan, und es ärgerte mich. Überall sonst war sie bereitwillig und geil, aber hier machte sie so ein blödes Theater. Andererseits war sie so lieb und so zärtlich und so verliebt. Vielleicht hatte sie Angst, daß ihr schwarzer Lederslip Flecken bekam.

Sie lächelte, verteilte eine Gleitcreme auf dem Kondom, auf meinem Glied, und schob es langsam näher und tiefer. Dann lachte sie wieder.

Irgend etwas war anders.

Von Stoß zu Stoß brannte sich diese Ungewißheit tiefer ein. Irgend etwas stimmte nicht, eine Kleinigkeit nur, irgendwas, – aber doch etwas sehr Entscheidendes. Ein Geruch.

Irgend etwas stimmte nicht.

Sheila bemerkte diesen verdüsterten Gedanken sofort. Sie bemerkte alles.

Sie drehte sich gewandt herum, kontrolliert, und es war ihr unangenehm, daß ich sie so anstarrte. Ich drehte mich schweigend neben sie auf den blauen Bettbezug und spielte mit der linken Hand in ihren Haaren. Ich tat müde. Melancholisch.

Dann griff ich schnell zwischen ihre Beine, mitten ins Zentrum, aggressiv, und ich berührte eine Ausbuchtung, Fleisch, ohne gleich zu verstehen. In Sheilas Slip rekelte sich ein Schwanz.

Ich schreckte hoch wie in einem Horrorfilm. Ich stand mit dämlich aufgerissenen Augen vor Sheilas Bett und starrte sie unaufhörlich an, als sei sie ein Fabelwesen mit vorstehenden Greifzähnen und Kiemenflossen auf dem Rücken.

Sie hatte einen perfekten Busen.

»Du süß...« Sie lächelte melancholisch, als wisse sie schon, daß jetzt wieder eine Trennung bevorstand.

Ich konnte nichts sagen. Es verschwamm alles. Sheila war schön, so lieb, so geil, aber sie war doch ein Mann. Ein Mann. Eine Frau. Eine schöne Frau. Aber doch ein Mann.

Sheila lag währenddessen auf dem Bett und lächelte weiterhin verzeihend mit ihren vollen Lippen, als könne sie damit meine aufgerissenen Augen besänftigen. Als gebe es einen Moment, in dem sich Schrecken wieder in Liebe verwandele.

Ich wich angeekelt zurück. Ich glotzte immer nur auf ihre Titten. Sie griff mein eingefallenes Geschlecht, legte es in ihre beiden Händen und pustete darauf.

Es wuchs.

Ich ging noch einen Schritt zurück und zwang sie, mich freizulassen, als habe sie einen Voodoo-Zauber gesprochen. Als ein Mann, eine Frau, ein Mann mich massierte. Ich sah den Mannkopf in diesem Frauenkopf, als würden die beiden Köpfe in einem Film übereinandergeblendet. Ich sah, wie dieser Mann als Mann mißgestaltet war und sich jetzt als laszive Frau bewegte. Ein bärtiger Mann vermutlich. Und dabei klingelten die schönen Anfangsmomente in meinem Kopf. Und die Physiognomien schoben sich unaufhörlich ineinander. Nasenformen, Wangenlinien, Lippenkreisel. *Barthaare.*

»Ich muß gehen.«

Ich hatte keinen Speichel mehr. Ich war richtig panisch.

»Nein...« Sheila wollte sich an mich schmiegen.

»Nur zehn Minuten noch, komm, ich mach dir französisch...«

Ich prallte von ihr ab, als habe sie eine faulende ansteckende Krankheit. *Pest.* Ich stand in meine Ecke gepfercht wie ein hoffnungslos unterlegener Boxer und starrte sie an, als dünste sie giftige Säure aus, vor deren beißendem Strahl ich mich ducken müsse.

Dieser verschreckte Blick traf Sheila tief. Sie drehte sich um und zündete sich eine Zigarette an. Sie rauchte eine lange schmale Filterzigarette, die sie übertrieben damenhaft nach vorne hielt. Sie inhalierte den Rauch, indem sie den Kopf zurückwarf. Ich sah immer nur einen lächerlichen Mann. Mit zwei großen schönen Brüsten. Sie drehte mir den Rücken zu und blies den Rauch in einer tiefen Atembewegung gegen ihr Bett.

Ich wollte sie irgendwie auch nicht verletzen. Sie tat mir leid. Als sie aufstand und erneut ihren Busen gegen mich drückte, durchzuckte mich eine unangenehme Gänsehaut, und ich mußte Sheila von mir wegstoßen, um dieses Gefühl nicht zu stark werden zu lassen. Ich ertrug ihren Geruch nicht mehr. Sheila stolperte zurück wie ein untrainierter Slapstick-Komödiant. Sie hampelte und wedelte mit ihren Armen, aber sie schaffte es, sich abzufangen und nicht auf den Hinterkopf zu stürzen.

Dann verharrte sie einige Sekunden regungslos wie eine in sich gekehrte Ausdruckstänzerin vor dem Finale. Sie sah mich nur an. Sie schien mir erstaunlicherweise nicht böse zu sein. Sie betrachtete mich wie eine Diva, die weiß, daß man einen Mann gehen lassen muß. Auch wenn man liebt. Weil es höhere Gesetzmäßigkeiten gibt. Weil es nicht geht. Sie legte ihren Kopf langsam zur Seite, als wolle sie jeden Abschiedsmoment fotografisch speichern. Wie ich mich anzog und dabei die Schuhe falsch band, das Schnüren aber nicht wiederholen wollte, hektisch den Gürtel enger zog und einfach nur verzweifelt war.

»Kommst du wieder?«

Ich wich ihrer Frage und mehr noch ihrem Blick aus. Ich ging zur Zimmertür. Ich legte die rechte Hand auf den Knauf und drehte mich noch einmal um, und gab ihr dann unbeholfen einen Kuß auf den Mund. Ich wollte sie einfach nicht verletzen. Sie stand hinter mir wie eine folgsame Spaziergangshündin, und sie empfing einen dicken Kuß. Dabei plätscherte mein Magen, Säure stieg in mir hoch bis in die Schilddrüse. Ich hatte für einen Sekundenbruchteil Angst, nach dem heutigen Abend mit keiner Frau mehr schlafen zu können. Als bekäme ich nie mehr einen hoch. Und ich fühlte mich kalt. Ich dachte an Charles. Es stieg mir plötzlich heiß in die Schläfen, daß er wahrscheinlich das gleiche erlebte, nach der Entjungferung reibungslos der *Tod.* Die Kälte.

»Sei nicht böse…«, hustete ich wie ein Volltrottel.

Dann rannte ich die Treppenstufen hinab, als habe ich vor dem Haus mein Portemonnaie verloren oder zumindest das Licht im Auto brennen lassen. Ich rempelte einen Betrunkenen im Treppenhaus an, der sich unentwegt zurechtrückte, stolperte und rückte und rutschte, und entschuldigte mich nicht. Ich wollte nur weg.

Vor dem Haus saß Charles auf der Kühlerhaube des Wagens. Sonnenlicht zitterte auf einer Regenpfütze wie Insektenbeute in einem Spinnennetz. Er schwieg.

Ich öffnete die Wagentür und sah ihn an, und mir war schlagartig klar, daß sich meine Ahnung bestätigt hatte. Wir hatten das gleiche erlebt. Er hatte eine Gänsehaut.

»Du weißt es«, sagte er leise, »du siehst mir in die Augen ...«

Ich drehte den CD-Player lauter und tippte den House-Rhythmus auf meinem Knie mit. Ich wußte nicht, was ich jetzt sagen sollte. Ich wußte selber noch nicht damit umzugehen.

»An so etwas erinnerst du dich den Rest deines Lebens!« prustete ich wie ein Mallorcaballermann, »das ist mal was anderes!« Es war vollkommen dummes Zeug.

Charles bohrte Gedankenkanäle in den

Abendhimmel. Bis zum Mond. Bis zum nächsten Universum.

Ich machte mir wirklich Sorgen und zog ihn freundschaftlich am Hemdkragen, um ihn wachzurütteln. Charles schlug meine Hand zur Seite, als sei ich ein Taschendieb. Er schlug mit einer solch explosiven Wucht, daß ich instinktiv auf die Bremse trat und das Auto beidseitig schleuderte. Glücklicherweise war die Straße leer.

Das Auto stand quer auf der Fahrbahn.

Charles erschrak selber über die Heftigkeit dieses Schlags, aber sein Wortschatz reichte nicht mehr für eine Entschuldigung. Sein Wortschatz war komplett verschüttet.

Wenigstens konnte er noch weinen.

Er sprach nicht, er entschuldigte sich nicht, er hielt nicht einmal mehr die Hände vors Gesicht. Er saß einfach nur steif da, als würde er fotografiert und dürfe sich nicht bewegen, und dabei ließ er die Tränen laufen.

Ich bekam plötzlich Angst. Ich hatte ihm etwas Gutes tun wollen, und Charles war vollkommen fertig. Ich konnte nur hoffen, daß er sich bald wieder fangen würde. Er mußte schließlich Fußball spielen. Nicht weinen. Er war eine Jahrhundertbegabung. In Europa. Aus Afrika.

»Es ist etwas kaputt…« murmelte er, »es ist etwas kaputt…«

Er stieg aus dem Wagen, um einige Meter zu Fuß zu gehen und nachzudenken, obwohl es schon zu regnen begann. Immer stärker. Immer dichter.

»Wir stellen uns unter…«, rief ich ihm zu, parkte an der Grünseite und deutete auf eine hölzerne Bushaltestelle. Die Wiese dahinter wurde von einem rostigen Baustellenscheinwerfer bestrahlt, und die Arbeiter schlenderten ungedacht flink in ihre Bauwagen. Das harte Regenwasser lief nicht ab, sondern katapultierte tropfenweise auf dem Beton wieder nach oben, angestrahlt im weißen Licht, zeitlupenartig zerstückelt, wie eine aufgebrachte Horde Junginsekten, die sich paarten und stritten.

»Unsere Hosen…«, sagte Charles.

Durch die Holzdielen regnete es hinter uns an zwei Dachfliesen hindurch. Dann zerplatzten die Tropfen auf einer Holzbank und verteilten sich wie nach einem Trampolinsprung, gebrochen, leise, als feiner Nebel auf unserer Kleidung.

»Naß, obwohl wir uns unterstellen...«

Plötzlich raste ein buntgekleideter Radrennfahrer auf die Bushaltestelle zu und bremste hart in den Innenraum. Er begrüßte uns nicht, atmete nur schwer. Sein Leichtmetallfahrrad war vermutlich so teuer wie ein gebräuchlicher Gebrauchtwagen. Mit festmontierten Schuhen. Und ohne Voranmeldung, mit einem hilflosen, entsetzten Gesichtsausdruck kippte er plötzlich seitwärts auf Charles. Während es regnete. In Zeitlupe.

Und Charles lachte und schrie vor Lachen.

Er stand in einer Bushaltestelle, mit nassen Hosen, und plötzlich fiel ihm also ein papageiengelber Radrennprofi auf die Brust, der sich in seinen schwarzen Pedalschuhen ohne Hilfe nicht mehr helfen konnte.

In Zeitlupe.

Wie ein Insekt.

Also lachte er und schrie vor Lachen.

Es donnerte.

In diesem Moment wußte ich plötzlich, daß er nicht mehr spielen würde.

»Das ist dein achtzehnter Geburtstag«, sagte ich.

Beinahe ein Mord

Ich war mit einem lustigen Menschen in Berlin verabredet, der eine nette, überflüssige Erfindung gemacht hatte. In seinem Hauptberuf war er Dokumentarfilmer.

Ich erzählte also dem Taxifahrer am Flughafen, daß ich einen lustigen Menschen besuche, der einen automatischen Käsebefeuchter erfunden hatte, und mein Taxifahrer schmunzelte über die verquere Verbissenheit mancher Menschen. Bisher hatten alle Freunde und Bekannten darüber gelacht. Um die Entwicklung des Käsebefeuchters zu finanzieren, hatte der lustige Mensch nämlich einen Supermarkt erpreßt. Während des Golf-Kriegs hatte er irakischen Thunfisch im Supermarktregal gesehen und gedroht, den Fund zu publizieren, weil der Supermarkt sich des moralischen Landesverrats schuldig mache.

Bei der Drohgeldübergabe war er dann gefaßt worden.

Der Taxifahrer amüsierte sich darüber und schüttelte den Kopf, und dabei fiel mir zum ersten Mal auf, daß der lustige Mensch selber noch nie einen Witz gemacht hatte. Der lustige Mensch hatte auch nie ironisch über seine Erfindung gesprochen. Aber ich dachte nicht weiter darüber nach. Sicherlich war er stolz. Viele verschrobene Bastler sind stolz.

Der lustige Mensch war erst vor wenigen Monaten aus dem Gefängnis entlassen worden. Seine Wohnung lag in einer malerischen, verkehrsberuhigten Arbeitersiedlung. Die meisten dieser Wohnblöcke wirkten heutzutage idyllisch und friedlich. Unentwegt zwitscherten kleine unsichtbare Vögel in irgendwelchen alten eingeritzten Bäumen. Links von der Haustür rosteten Dutzende selbstgemalter Klingelschilder, durch verwaschene Streichungen und Einfügungen über die Jahre hinweg bearbeitet. Daneben zitterten ausgebeulte Briefkästentürchen, obwohl kaum Wind ging. Sie waren alle unten links wie Lesezeichen aufgehebelt.

Ich ging das Treppenhaus hinauf, und in seiner Diele war dann endgültig Schluß mit der Idylle. An der Zimmerdecke rollte sich ausgetrocknete Nikotintapete wie Frühstücksbutter. Ein kleines Wohnzimmer, ein kleines Schlafzimmer, eine Küche. Kaum Möbel. Keine Bilder. Nur gelblich-braune Rauhfasertapete. Keine Überflüssigkeiten; nicht einmal Staub. Martin war arm.

Ich wußte nicht, was ich zur Begrüßung sagen sollte. Arme Menschen sind *schwierig*, ich kenne das von zu Hause. Arme Menschen sind meist nicht lustig.

Martin bemühte sich allerdings um eine kultivierte, belesene Lebensüberheblichkeit, während er mir aus der Jacke half und über die wesentlichen Dinge des Lebens philosophierte. Er roch aus dem Mund nach Kotze. Alkoholiker, dachte ich. Ende Vierzig. Martin war überdurchschnittlich groß, S-förmig nach unten gebeugt und krankhaft hager. Aber all das schien ihm nichts auszumachen.

»Wie war der Flug?«

Er sprach mit einem deutlichen Schweizer Akzent, und erstaunlicherweise mochte er sich selber reden hören. Er gestikulierte großbürgerlich, weitgereist, und wies mich mit seinen langen Faserarmen in die Küche. Ich mochte ihn.

Ich mochte diese angelesene Gleichgültigkeit dem sonstigen Streben und Darben sonstiger Menschen gegenüber, und ich mochte seine liebliche Kapitalismusverachtung. Er schien vieles viel besser verstanden zu haben. Er rauchte inzwischen schon seine zweite Zigarette. Die Wohnung roch überall hartnäckig nach Nikotin, aber sie müffelte komplett nur nach ihm. Es gab keinen anderen Geruch. Nicht einmal Essensduft. Nur Martinschweiß und Nikotin.

Ich stellte mein Aufnahmegerät auf den Küchentisch und plauderte. Ich hatte die Geschichte schon im Kopf. Ein kleiner Rückblick über seine Zeit in Deutschland, über seine filmische Arbeit in den sechziger Jahren, und ich konnte mir das alles sehr nett vorstellen. Thunfisch im Golfkrieg und Supermarkterpressung. Darüber hatten meine Freunde und ich schließlich am meisten gelacht.

»Ich war nicht wegen dem Supermarkt im Bau…«

Er sprach plötzlich sehr leise. Er plauderte nicht mehr. »Das war wegen BTM…« Er hustete verlegen. Er zündete sich eine dritte Zigarette an und inhalierte Vergangenheit und Gedankenkörner. Er war immer noch nicht lustig. »Ich kann Ihnen das alles der Reihe nach erzählen – aber ich brauche ein Pseudonym!« Er betonte die Wörter immer anders als ich, eben schweizerisch. Er hatte einen anderen Singsang, der mich ablenkte.

»Pseudonym ist kein Problem.«

»Sie müssen mir schriftlich geben, daß Sie hunderttausend Mark zahlen, wenn Sie in dem Artikel doch meinen richtigen Namen benutzen!«

So etwas war natürlich albern. Die Summe war albern. Aber ich schrieb ihm ein Eingeständnis auf ein Schmierblatt. Ich hatte zwar das leise Gefühl, daß es einem gescheiterten Dokumentarfilmer gerade etwas Mythos gab, wenn er im Gefängnis gewesen war, aber ich wollte ihn nicht verärgern. Er stellte die Spielregeln. Ich war nur hier in Berlin, um Fragen zu stellen. Aus irgendwelchen Gründen war ihm dieser Schnipsel wichtig, und so sollte er ihn bekommen. Es war mir peinlich, daß ich an den Fingerkuppen schwitzte und dadurch meine Unterschrift verwischte.

Er schimpfte. »Sie müssen sich Mühe geben. Nicht einfach so hinschreiben.«

Irgendwie war auch das alles nicht so lustig, aber wir hatten schließlich Zeit. Ich hatte nichts anderes vor, er war sensibel, also schrieb ich unsere Arbeitsgrundlage neu und neu. *Hiermit verpflichte ich mich*...

Es gefiel ihm auch dieses Mal nicht. Er fand wieder einen Schreibfehler, der später unter Umständen gegen ihn ausgelegt werden könnte, und dieses Risiko wollte er nicht eingehen. Journalisten sind bekanntlich gerissene Füchse.

»Möchten Sie noch etwas trinken?«

Er schüttete mir aber nicht nach, sondern ging rückwärts aus dem Zimmer, um eine Schreibmaschine zu holen. Ich hatte irgendwie das Gefühl, daß sich in diesen wenigen Minuten Spielregeln aufgestellt hatten. Ohne daß ich mich an irgendeinem Spiel beteiligt hätte.

»Schreiben Sie, was ich diktiere!«

Das Spiel läuft. Ich schaue ihn an und versuche amüsiert zu schauen, aber Martin macht keine Scherze, wenn es um seine Lebensgeschichte geht. Dann tippe ich tatsächlich buchstabenweise, was er vorgibt. Er arbeitet einen sogenannten juristisch wasserfesten Vertrag aus. Das Werk füllt eine halbe DIN-A-4-Seite. Silbe für Silber in die mechanische Kellerstaubapparatur gehackt. Martin verschränkt dabei beide Arme im Nacken und arbeitet konzentriert an der sprachlichen Unangreifbarkeit des Gesetzestextes.

Dann hustet er wieder.

»Wo ist eigentlich der Vorschuß?«

Es gibt keinen Vorschuß.

Es gibt auch keinen Nachschuß oder irgendwelches sonstiges Geld. Es gäbe vielleicht, unter Umständen, die theoretische Möglichkeit, bei einer eventuellen Radioverwertung etwas Geld zu bekommen, aber nur ganz wenig. Und nur bei sehr viel Bettelei.

Schließlich ist Martin ein Käsebefeuchtererfinder und nicht der heimliche Geliebte von Claudia Schiffer. In netten spaßigen Worten erzähle ich ihm das. In der Hoffnung, daß er das verstehen möge, Gesetze des Marktes und so. Claudia Schiffer und so. Weil wir doch eigentlich hier zusammensitzen, um eine nette kleine Geschichte über das Befeuchten von Kühlschrankkäse zu verfassen. Aber er versteht nicht. Er lächelt nicht. Er hört sich reden. Er hört sich argumentieren. Er hat Philosophie studiert und Marx gelesen und hämmert Sätze. Er meißelt eisenscharfe Spitzenlogik.

Dabei gibt es nichts zu diskutieren. Es gibt kein Geld, basta. Niemand gibt Geld für ein Interview mit einem Käsebefeuchtererfinder, auch wenn er 1968 Filme über die APO gemacht hat. Auch wenn Claudia Schiffer doof ist und blond.

»1000 Mark als Vorschuß, sonst sage ich kein Wort.«

All das ist so lächerlich, daß ich nicht weiß, was ich sagen soll. Es ist so größenwahnsinnig, daß ich wirklich glaube: Vielleicht hat er etwas in der Hinterhand. Vielleicht hat er wirklich etwas zu sagen. Vielleicht braucht er nur einige geduldige Minuten, um seinen Irrweg einzusehen.

»Es geht nicht um mich«, sagt er nasal, »es geht um das Prinzip.«

Ich habe noch nie einen Menschen so um Geld betteln sehen. Und dabei so voll zitternden Stolzes. Dabei nützt das alles nichts. Ich sage ihm fünfmal, daß es nicht an mir liegt. Ich sage ihm zehnmal, daß ich ihm Millionen überweisen würde, wenn ich irgendwelche Gelder zu verwalten hätte. Ich sage ihm zwanzigmal, daß es kein Geld geben kann.

»So nicht!«

Er wird plötzlich böse. Er schmeißt einen Löffel gegen die Tür. Er schimpft, er schreit, er lamentiert, er hustet. Und ich *verstehe* das alles nicht, weil man so etwas doch nicht tut, bei einem Interview. Ich will ihm doch nicht schaden, eher nutzen, mit einem Portrait. Ich fühle nur, daß er mich immer weniger wahrnimmt. Ich bin harte Luft, Schattenbeschwerer, in seiner Küche. Er drückt Tabakkrümel ineinander.

Er sieht nicht mich: Er sieht junge Menschen, junge Feindbilder. Junge Redakteure, Polizisten, und alles durcheinander. Er macht mich zu jeder beliebigen Person. Er haßt mich in diesen Personen. Ich will ihm vorsichtig erklären, was üblich ist im Mediengebaren und was man vielleicht alternativ angehen könnte, aber er fährt mir über den Mund. »Ich habe schon Filme gemacht, da war einer wie Sie noch im Kindergarten.« Es ist dieser Moment, wo er meinen Namen vergißt.

Ich fummle unsicher an meinem Mikrofon herum, und er doziert über die Funktionsweise einer Mikrofonschlaufe. Es ist nervig, aber ich bin geduldig. Ich glaube immer noch an eine *Einsicht*. Ich glaube immer noch an einen normalen Arbeits-Alltag.

»Sie müssen doch gelernt haben, wie das mit einer Schlaufe geht«, bellt er, »oder lernen die jungen Kerle heutzutage gar nichts mehr... Oder sind Sie von der Polizei...«

Polizei, ich will lachen. Ich lache nicht. Er macht keine Scherze.

In diesem Moment kippt unser Gespräch

endgültig. Ich spüre, daß es aussichtslos ernst wird. Es sind Ankerworte gefallen, und etwas reibt dabei in ihm. Diese Mischform aus professioneller Nettigkeit und medialer Widerborstigkeit.

»Die Bullen kommen auf die unmöglichsten Ideen... Vielleicht sind wir auch jetzt schon verkabelt...« Er schaut mir auf die Jacke. »Ich gehe nicht mehr in den Knast.« Er kippt von Wort zu Wort weiter. Er erzählt Seelensilben von der Einzelhaft. Er erzählt nicht viel, aber es ist etwas, das ihn gebrochen hat. »Ich bin auf Bewährung draußen, ich darf nicht mal mehr bei Rot über die Straße fahren...«

Er lacht, und es ist viehisch, heiser.

Ich schweige.

Er säuselt spöttisch, er sei gescheitert. Er haßt mich, spätestens mit diesem Thema. Er sieht mich als Folge seiner Niederlage, spüre ich. Ich bin also mit ihm verknüpft. Und wenn er mich besiegt, dann ist auch seine Niederlage kleiner. »Yuppie!« sagt er. »Yuppies« haßt er. Immer wieder. Er beschimpft mich unverhohlen. Alles erfüllt sich für ihn.

»Es gibt keine Yuppies in Deutschland«, sage ich irgendwie verlegen, »es gibt nur uraltes, vererbtes Geld. Die Menschen sind viel zu feige, als daß sie wirklich reich werden wollen, und gerade die Kids wollen lieber sicher verbeamtet werden, als das Risiko von unkontrollierbarem Reichtum einzugehen. Und meine Eltern hatten wahrlich kein Geld.«

Das überrascht ihn kurz.

Er sieht mich an. Aber er sieht nicht *mich*, er sieht drauf, hindurch; er hört mich nicht. Er will nicht diskutieren, er will nichts wissen; er ist ein Gescheiterter. Er haßt mich. Er haßt sich selber, weil er nicht weiß, was er sagen soll. Hustet. Ich bin zum ersten Mal ein Prototyp. Ich bin nur noch ein »Phänomen«, eine Folie, auf die er Filme schieben kann. Ich bin kein Mensch mehr. Martin kennt keine Menschen. Die Wohnung riecht nach Nikotin.

Es paßt dazu, daß plötzlich ein Mann im Hintergrund, im Flur herumläuft. Ich habe kein Türrasseln gehört. Aber der Mann war vorhin noch nicht da. Der Mann grüßt nicht, er verabschiedet sich nicht. In jeder normalen Wohnung gibt es manchmal mehrere Schlüssel und vielleicht auch unfreundliche Besucher – aber dieser Mann schaut uns nicht einmal an. Ohne Gruß, ohne Blick, ohne ersichtliche Absicht. Er läuft einfach mit Pferdeschwanz und Tattoos hinten an uns vorbei und verschwindet. Martin stürzt auf und hinterher. Martin stürzt zurück in die Küche und redet ansatzlos weiter auf mich ein. Ich weiß nicht, ob der Pferdeschwanz weg ist. Er muß verschwunden sein, aber ich weiß nicht, wohin. Ich weiß nicht, ob die Wohnung noch einen weiteren Ausgang hat.

»Wo sind wir stehengeblieben ... Geld!«

Martin hetzt ansatzlos weiter.

Ich mag mich aber nicht mehr beschimpfen lassen. Ich stehe auf und packe mein Aufnahmegerät zusammen. Ich erinnere mich, daß ich jeden Handgriff konzentriert und deutlich ausführe und er dabei verächtlich lächelt. Es ist ein haltloses Grinsen. Ganz kurz nur, grob. Dann wird er wieder kalt. Er rotzt: »Was soll das?« Er will nicht, daß ich gehe. Er will Geld. Aber ich spüre auch, daß es um mich geht. Ich trage jetzt wortwörtlich seinen Haß in mir gespeichert, geschwängert, und dieser Haß ist das einzige, das er noch ejakulieren kann. Seine Verzweiflung ist das einzige, was er hat. Und vor allem: er kann nicht akzeptieren, daß es eine Welt jenseits der Gesprächigkeit gibt, eine Welt der Tat. Ein Universum hinter dem Sprechen. Die entscheidend ist. Jenseits von Universitäten und tresenfüllenden Vorwürfen und Zielen und Vorhaben – Tatsachen.

Ich reiche ihm die Hand zum Abschied.

Er steht auf und fuchtelt kurz mit den Armen, und dann greift er in einer rabiaten ungelenken Bewegung mein Aufnahmegerät und rennt damit raus. Ich stehe in dieser fremden Küche und kann immer noch nicht lachen. Natürlich ist das lächerlich, aber er klaut es.

Plötzlich wird mir heiß. Plötzlich ist alles ganz deutlich, vollkommen präsent, die Gegenwart, aber sie ist immer nur da, wenn es schlimm ist, so in dieser Tatsächlichkeit. Noch ist alles absurd, und ich gehe leise zur Wohnungstür, um abzuhauen. Ich weiß, daß ich draußen die Polizei holen werde.

Ich gehe leise und vorsichtig auf die riesige Wohnungstür zu, die mit schweren Schlössern oben und unten gesichert ist. Ich sehe nur das normale Schloß. Ich drücke die Klinke und die Türe ist irgendwie verriegelt. Ich begreife nicht, daß ich ganz oben noch einen Zusatzriegel zurückschieben muß. Ich will irgendwie immer noch nicht glauben, daß ich in Gefahr bin. Und dann hört Martin mich am Türknauf und kommt gelaufen.

Er ist hektisch und gefordert. Die Situation ist ihm aus den Fingern gerutscht, das ist deutlich, und wir stehen voreinander wie zwei Boxer in der zwölften Runde. Nur der Atem zischelt. Kein Ton. Wir schlagen uns immer noch nicht. Wir wissen beide, daß dies der Funke wäre, auf den sein Teufelchen wartet. Um zu explodieren. Also greift er in seine Tasche, nimmt den Schlüssel und schließt ab. In diesem Moment weiß ich, daß es ernst ist. Aber was ist ernst? Ich sitze in der Falle. Im fünften Stock. Ich kann nicht raus. Und Martin kommandiert wieder. »In die Küche!«

Erstaunlicherweise haue ich ihm nicht in

die Fresse. Irgend etwas sagt mir, daß dieser Mensch nicht einfach so zu schlagen ist.

Martin sucht Zigaretten im Nebenraum, und ich sehe das Telefon auf dem Spülbecken und will die Polizei rufen. Ich weiß nicht, was ich tun soll. Ich nehme den Hörer und wähle und höre ihn zurückkommen. Es würde reichen, um die Adresse durchzugeben, aber ich weiß plötzlich, daß Martin dann ausrastet. Ich weiß es. Er steht im Türrahmen und sieht meine Hand auf dem Tastenfeld, und es arbeitet in ihm. Er weiß nicht, ob ich schon telefoniert habe. Oder ob er alles verhindert hat. Er kocht. Er dampft und wird paradoxerweise äußerlich dabei immer ruhiger. Er hat ein Körpersystem, das ihn nach außen hin immer mehr abtaut und das ihm alle Logiken der Welt zuführt. Alles arbeitet für ihn.

Ich sitze in der Falle. Ich will nicht sterben. Wir kennen uns nicht, aber ich denke an so etwas. Überall liegen Messer. Ich weiß, was passieren *könnte*, und zwinge mich zur Ruhe, und es gelingt mir anfangs. Ich erinnere mich daran, daß ich glaube, daß nur die Ruhe mich von der Kippe trennt. Sobald ich die Kontrolle verliere, stürzen wir beide. Ich rette uns beide. Ich bewahre uns beiden das Leben. Ich sehe Hannibal Lector, ich sehe »Seven«, ich sehe alle diese Filme vor mir, alle diese Wahnsinnigen, und ich sehe Martins Augen. Es sind diese Schlächteraugen, die sich in meine Realität bohren wollen, um Halt zu finden.

Das Merkwürdige mit dem Wahnsinn ist, daß er sich wie ein Virus durch die Luft verbreitet. Unabhängig von den Körpern. Es ist hypnotisierend. Ich habe das Gefühl, daß wir uns wie in Zeitlupe bewegen, immer in der *Möglichkeit* gefangen, was passieren *könnte.* Der Wahnsinnige saugt Realität. Und er speit Möglichkeiten aus, wie schlechten Atem, der irgendwann den ganzen Raum belegt. Ein Messer zu nehmen und zuzustechen, diese Möglichkeit steht uns beiden vor Augen. Auch eine Pistole. Er hat sicher eine Waffe. Er atmet alle Möglichkeiten, als vernetze er unsere Gedanken. Und ich hätte ihn schlagen können. Aber ich sehe plötzlich

Hannibal Lecter, und ich fühle, man kann Hannibal Lecter nicht schlagen. Der Wahnsinnige dirigiert Energieströme, als ob er auch von hier aus seine Kraft bezöge, denn er kann nichts anderes mehr. Und dem Normalen bleibt nur die Ruhe.

GANZ RUHIG... Man kann einen Irrsinnigen nicht besiegen. Martin scheint mit allen Töpfen, Messern, Scheren dieser Küche verbündet zu sein. Der Wahnsinn zieht sich aus der Person zurück.

»Du bestätigst mir jetzt schriftlich, daß du mir das Aufnahmegerät schenkst! Als Aufwandsentschädigung! Ich laß mich doch nicht verarschen!«

Er brüllt wieder. Er brüllt sich selber an. Er sieht mich nicht.

Ich schreibe.

Wir sprechen uns in einen Sog hinein. Er will mich brechen, und ich lasse mich brechen, nur um meine Ruhe zu haben.

Ich schreibe diese lächerliche Schenkung. Mit jedem Silbenschlag ist es irrsinniger: Ich soll ihm ein Aufnahmegerät des WDR »schenken«, mit Archivnummer und allem

Firlefanz. Als Aufwandsentschädigung. Er freut sich wie ein kleines Kind, daß ich dasitze und tippe und ihm das Gerät schenke. Er will nur keinen Fehler machen. Er darf keinen Fehler machen, nur so ein Fehler könnte ihn vielleicht aufhalten. Der Fehler ist das eigentliche Problem der Welt. Ich muß sie also fünfmal schreiben, die Bestätigung. Fünfmal. Sie ist auch danach falsch. Immer findet er einen kleinen Fehler, den er als Hinterhältigkeit ausgeben kann und den er findet, mit seiner unglaublichen Gerissenheit, die alles durchschaut. Kein Fehler! Alles muß perfekt sein. Und es ist die Logik des Irrsinns: Wenn nur die Anfangskonstante verschoben ist, dann ist alles weitere logisch. Martin ist gnadenlos logisch. Ich tippe mir die linke Zeigefingerkuppe blutig. Ich schlage mit beiden Zeigefingern auf seiner Schrottmaschine herum. Auf einigen Tasten färben sich kleine Blutbeläge. Ich unterschreibe.

Dann ist da plötzlich ein Ruhemoment. So ein gefährlicher Stillstand.

Wir wissen einige Sekunden nicht, was zu tun ist. Unser erstes Ausruhen. Er will plötzlich Bargeld. Ich spüre, daß jetzt der Absturz beginnen kann. Wenn ich jetzt nicht einhalte, dann fordert er noch mehr. Es ist bedrohlich. Denn mein Geld werde ich nicht mehr wiedersehen, das ist klar. Die Sache mit dem Aufnahmegerät ist zu lächerlich.

»Laß uns doch was essen gehen.«

Ich mache einen völlig bescheuerten Vorschlag. Ich will ihm das Gefühl geben, daß wir beide Menschen sind.

Es ist die *Ruhe*, die mich aufrecht hält.

Verzweifelte kleine *Ruhe*. Ich habe nur noch diesen einen kleinen Gedanken: hier rauszukommen. Es ist ein vollkommen bescheuerter Vorschlag, jetzt essen zu gehen, aber wahrscheinlich geht er genau deshalb darauf ein. Er freut sich sogar. Er will mich einladen. Ich will nur raus. Ich zwinge mich zur Ruhe. Er ist so nett. Er ist so lieb. Er hat mich bestohlen und beschimpft, und ich habe anscheinend kapituliert und er ist lieb. Wenn ich jetzt ein falsches Wort sage, wird er mich töten. Es klingt lächerlich zu sagen, daß er mich töten wird, aber ich weiß es in diesem Moment. Ich weiß es ganz sicher. Und er weiß es genauso. Liebevoll. Er ist verrückt. Wir beide wissen in diesem Moment, daß es möglich ist. Er will chinesisch essen.

Wahnsinnige sind ruhig. Und ich muß ruhig sein. Wir sind alle ruhig. Wir bewahren alle die Fassung, die ganze Welt bewahrt Fassung...

Dann öffnet er die Türverschläge. Wir gehen das Treppenhaus hinab und die Straße hinunter, und ich rieche Freiheit und damit wieder ein eigenes Schicksal und will handeln, und kann nicht. Martin redet. Er ist gelöst und locker und redet über viele Dinge. Ich bin plötzlich »frei«. Ich kann weglaufen. Ich kann ihm sogar betonschwer in seine verdammte philosophische Fresse schlagen. Aber dann habe ich das Aufnahmegerät verloren. Ich habe dann eine Anzeige wegen Körperverletzung am Hals... Heute weiß ich, daß es mir um mehr ging. Die Demütigung. Die Wiederherstellung der »Ordnung«.

Er redet. Er redet unaufhörlich. Wir gehen

zwei Straßenzüge entlang, und da steht an einer Ampel ein Polizeiwagen. Ich erinnere mich, daß ich ganz langsam auf die Polizisten zugehe und überdeutlich und akzentuiert rede und mir bescheuert vorkomme.

»Es klingt vielleicht merkwürdig, aber dieser Mann hat mich eingeschlossen und mir mein Aufnahmegerät weggenommen.« Die Polizisten schauen mir aus ihren Sonnenbrillen entgegen, als spräche ich in einer unbekannten Sprache. Ich stehe wie ein Idiot an diesem Wagen. Martin lacht hinter mir völlig unbeschwert. »Unsinn!« lacht er, und wieder spüre ich, daß es schwierig ist auf dieser Welt, wenn die festen Regeln brechen. Daß diese ganze verrückte Welt so zerbrechlich ist. »Dieser Kerl lügt, er hat es mir geschenkt!« höhnt Martin und ich überlege, ihm vor den Polizisten in seine verdammte dreckige Filmerfresse zu schlagen. »Wenn Sie sich fertig abgestimmt haben«, höhnt er, »sagen Sie mir Bescheid, ich gehe solange in dieses China-Restaurant.« Martin spielt großartig: überlegen, unantastbar, ausgeglichen, während ich nur zickig rumnölen kann. Aber ich dränge darauf, daß die Polizisten handeln.

Sie können mir das Gerät nicht zurückgeben, erfahren sie über Funk, als sie sich erkundigen, aber sie können es bis zu einer dann notwendigen gerichtlichen Einigung in Gewahrsam nehmen. Das ist mir auf jeden Fall lieber, als es ihm zu überlassen. Martin sitzt natürlich nicht in dem China-Restaurant. Es ist anzunehmen, daß er das Gerät verschwinden lassen wird. Als ob der kleine Kasten nun der Beweis des Tages ist.

Die Polizisten fahren mit mir zu seiner Wohnung. Triumphierend wedelt er dort vor seiner Wohnungstür mit diesem merkwürdigen Schenkungsblättchen herum und registriert verstört, daß sein amtliches Wedeln keine besondere Resonanz erfährt. Obwohl das Geschriebene jetzt doch ohne Fehler sein muß. Er hört die Worte »Anzeige« und »Freiheitsberaubung«, und dann platzt so ein Schreien aus ihm heraus, als säße noch ein zweiter Mann in seinem Brustkasten. Als habe er *vor* dem Geschriebenen einen Fehler übersehen. Er weiß plötzlich, daß ich doch ein Polizeispitzel bin. Das war der Fehler. Er sieht mich zum ersten Mal richtig an, und ich fühle seine Augen. Er nickt dabei, als wolle er sagen, diesen Fehler hätte er ausradieren müssen.

Noch nie habe ich soviel Haß und soviel Verzweiflung geatmet. Mir ist übel.

Eine Polizistin nimmt meine Personalien auf und fragt dabei, was denn bei diesem Gespräch so wichtig gewesen sei, daß es um hunderttausend Mark ging. Ich kann es ihr nicht sagen. Ich weiß es selber nicht. Eine zweite Streifenwagenbesatzung durchkämmt seine Wohnung. Vielleicht haben sie seine Vorstrafe im Computer gefunden und hoffen auf Drogenvorräte. Ich weiß nicht. Ich bin nur zufrieden, auf dieser Treppe zu sitzen. Ich will nichts mehr wissen. Einmal kommt ein Polizist und sagt: »Mein Gott, was ist das für ein Spinner!« und ich bekomme Mitleid mit Martin. Ich sitze auf dem Treppenflur und höre innen manchmal, wie er sich logisch verteidigt und logisch argumentiert und logisch schreit. Es ist ein Altbautreppenflur, in dem ich sitze, und ich werde aus drei Türspionen beobachtet. Diese Menschen wissen nicht, daß ich das jetzt brauche. Es ist eine Möglichkeit, sich lebend zu wissen, aus Türspionen beobachtet zu werden. Martin weigert sich, das Gerät herauszugeben.

Von Anfang an habe ich ihm gesagt, er solle mir das Gerät wiedergeben und die Sache sei erledigt, ohne Anzeige, ohne alles, aber er will sich von mir nichts »schenken« lassen. Er versteht nicht. Er sucht immer noch Fehler. Ich beknie ihn nicht mehr, das Gerät herauszugeben. Mir ist jetzt alles egal. Er weigert sich, und ich akzeptiere.

Ich fahre mit auf das Polizeirevier, unterschreibe eine Anzeige und werde entlassen. Alleine. Auf der Straße. Und plötzlich fürchte ich mich. Jetzt bricht die Angst aus. Ich weiß nicht, wo ich bin, in welchem Viertel in Berlin, – und ER inhaliert diese Stadt. Ich höre unentwegt seine Schreie. Ich bin nicht weit von seiner Wohnung entfernt. Ich weiß nicht, was er tut, wo er sitzt, was er plant.

Dann sehe ich ein Taxi. Ich fahre zum Flughafen und spreche diesmal nicht von dem lustigen Menschen. Der Fahrer ist ein rumänischer Dokumentarfilmer.

Eine Woche später sitze ich in Köln bei der polizeilichen Vernehmung. Es ist ein schmuckloses Büro und ich erzähle den »Fall«. Ich will nichts falsch machen und mich nicht hineinsteigern. Die Beamtin schreibt nach der dritten Schilderung mit und läßt mich anschließend das Protokoll unterschreiben.

In diesen Tagen warte ich auf Drohanrufe. Ich bin überzeugt, daß Martin nach Köln kommen wird, um mich zu töten. Ich bin vorbereitet. Er hätte keine Chance, aber er wird es versuchen. Es ist seine einzige Chance...

Stille.

Ich bekomme die Vorladung geschickt, und der Gerichtstermin ist in Berlin. Ich frage Freunde, ob sie mich begleiten. Ich will nicht alleine dort hingehen. Ich will auf keinen Fall alleine in Berlin übernachten. Ein befreundeter Rechtsanwalt sagt mir, wie das

Verfahren ausgehen muß. Wir alle wissen, wie das Verfahren ausgehen muß, und genau davor fürchte ich mich. Ich möchte nicht, daß Martin wieder ins Gefängnis kommt.

Dann bekomme ich plötzlich einen lapidaren Brief mit einer kurzamtlichen Verfügung, daß das Verfahren eingestellt ist. Es gibt keine Erklärung, aber es gibt auch keinen juristischen Grund dafür.

Ich rufe bei der Staatsanwaltschaft an und erfahre, daß der Beschuldigte verstorben ist. Der Staatsanwalt ist nett und freundlich und er sieht mein Aktenzeichen und sagt »verstorben«. Mir bleibt die Luft weg.

Plötzlich habe ich das Gefühl, daß ich Martin getötet habe. Mein Mörder hat sich von mir morden lassen.

Plötzlich sage ich, daß ich ihn auf dem Gewissen habe. Das ist Quatsch und falsch, aber er ist tot. Und er hat diese Situation gesucht. Also hat er mich auserkoren, daß ich ihn töten soll... Er hat mich gesehen und gewußt, daß ich ihn töten kann.

Ich weiß nicht, wie er gestorben ist. Heute höre ich manchmal die Kassette mit unserem

Gespräch. Der Staatsanwalt hat sie mir ausgehändigt. Es sind die ersten zehn Minuten, und ich lausche dem Dialog und den Stimmungen und Verzweiflungen eines Toten.

Publikationsnachweis

Der Kaiser vom Kohlenpott: nach Motiven einer Reportage in Transatlantik vom Januar 1991

Der Mülheimer Falke: Erstveröffentlichung

Der Tag, an dem ich die schönste Frau der Welt treffen wollte: Erstveröffentlichung

Wolfsmensch: nach Motiven einer Reportage im SZ-Magazin vom 5. 7. 1991

Stoffkrokodil: Erstveröffentlichung

Rainer ist böse: zuerst erschienen in JETZT, Süddeutsche Zeitung, vom 17. 10. 1994

Entjungferung: Erstveröffentlichung

Beinahe ein Mord: zuerst erschienen in der Süddeutschen Zeitung vom 6./7. Juli 1996

Die verborgene Geschichte
Roman
320 Seiten
btb 72003

Aus Freude am Lesen

Caroline Llewellyn

Nach dem tragischen Tod ihres Mannes hofft die Kinderbuchautorin Jo, im malerischen Dorf Shipcote zur Ruhe zu kommen. Doch im Cottage ihrer Großmutter stößt sie schon bald auf tödliche Geheimnisse aus der Vergangenheit. Ein atmosphärisch dichter Kriminalroman in bester englischer Tradition.

Trügerischer Blick
Roman
377 Seiten
btb 72010

Aus Freude am Lesen

Jane Stanton Hitchcock

Die Trompe-l'œil-Künstlerin Faith Cromwell ahnt nicht, in welch dunkles Spiel sie bei ihrem neuesten Auftrag hineingezogen wird. Für eine legendäre Kunstsammlerin soll sie einen Ballsaal ausmalen, der sich jedoch als Mausoleum entpuppt.

»Psychologisch ausgefeilter Vollblut-Thriller.«
freundin